Les pendules ne sont pas toujours à l'heure

Serena Davis & Mary White

Les pendules ne sont pas toujours à l'heure

Roman

LE LYS BLEU
ÉDITIONS

ISBN : 979-10-377-2338-3

Chapitre 1
L'ultimatum

Béatrice

Dans le train qui la ramène à Paris, Béatrice tente de faire le point, de se remémorer les évènements de la veille.

Elle n'a pas beaucoup dormi la nuit passée. Le manque de sommeil lui brouille l'esprit. Ses pensées sont confuses. Ses cernes trahissent sa nuit agitée. Elle est très fatiguée.

Dans ce wagon bruyant, impossible de se reposer, pourtant. Ce n'est pas ce couple de personnes âgées sagement assis juste en face d'elle qui lui cause ces problèmes. Silencieux comme des tombes, l'un dormant et l'autre concentré sur ses jeux cérébraux, les deux vieux amoureux sont même plutôt attendrissants.

Ce qui lui est moins supportable, en revanche, c'est cette femme installée sur le carré d'en face, de l'autre côté du couloir, avec toute sa portée. Placée contre la fenêtre, ce n'est pas le paysage bucolique défilant à travers les vitres que Béatrice regarde. Son attention est détournée par cette jeune femme au physique attrayant, qui jongle entre gâteaux, nez qui coulent et excès de colères. La pauvre ! Elle doit avoir à peine trente ans et elle semble déjà dépassée, entre un bébé qui pleure, et deux petites filles qui se disputent une console de jeux vidéo.

La maman a beau intervenir en fulminant « Chacune son tour ! », les deux gamines l'ignorent effrontément. Et même, elles s'excitent de plus belle.

« Quelle autorité ! » se dit Béatrice, choquée par la scène.

Pourquoi gâcher sa vie à faire des enfants, et si vraiment on veut en faire, pourquoi en faire autant ?

À en juger par l'allure négligée de la jeune mère, jean démodé et paire de baskets qui semblent tout droit sorties d'une friperie, la maman ne doit pas rouler sur l'or.

Il n'y a qu'en France qu'on fait des enfants quand on n'a pas d'argent. La politique familiale est bien trop favorable. Pour certaines femmes, accoucher est une activité rémunérée.

L'arrivée d'un enfant ça se prépare, ça se réfléchit, ça s'anticipe.

Elle se souvint d'une conversation avec une cliente tchèque qui lui disait que dans son pays, ce sont les riches qui font des enfants, parce qu'il faut les nourrir, les vêtir et que ce n'est pas l'État qui le fait, là-bas, en Tchéquie. Cette cliente lui avait dit s'être étonnée à son arrivée dans l'entreprise qu'elle dirigeait du nombre d'absences pour congés maternité auxquels elle était confrontée. Un vrai fléau pour les gestions de carrières, un sujet délicat pour la filière RH.

Au sommet de sa carrière, Béatrice, âgée de trente-huit ans, n'a jamais, jusque-là, ressenti le besoin d'aborder cette question de la maternité. Elle n'en ressent pas plus le besoin, à présent – encore moins à cet instant. Mais puisque son ami y pense, elle est contrainte d'y réfléchir aussi. Le fait est là, Sébastien veut un bébé. Tandis que le train roule à grande vitesse, le sujet saisit l'occasion de ressurgir dans son esprit en accalmie.

Non, ce n'est pas le moment, mais alors, vraiment pas le moment, de faire un enfant. Elle repense à leur dernière conversation.

— C'est maintenant ou jamais, lui a-t-il dit. Tu as presque quarante ans, ta fertilité est déjà beaucoup plus faible, et moi j'ai quarante-cinq ans. Je ne veux pas être mort quand mon fils sera diplômé ! On ne peut pas continuer ainsi. Il faut que je fasse ma vie, on va passer à côté de notre vie, parce que tu tergiverses, parce que tu as peur, mais tu n'es pas toute seule, alors tu réfléchis !

Pourquoi maintenant ?

Le matin même, c'est-à-dire hier matin, une nouvelle éclaircie avait illuminé sa vie, cette vie parfaite, cette vie rêvée de femme accomplie. Une opportunité incroyable s'était présentée et il avait fallu qu'il choisisse précisément ce jour-là pour poser son ultimatum.

Sébastien et elle vivent ensemble depuis sept ans. Il a tout de l'homme idéal. Il est présent, disponible, patient, calme et galant. Leur couple valide en tous points l'idée que les contraires s'attirent.

Son côté posé, apaisant, rassérénant, elle en a bien besoin, elle qui vit dans un monde obéissant aux lois de la vitesse et de la performance. Courir pour réussir. Courir pour accomplir. Courir pour s'anoblir. Courir pour être mais courir encore pour rester ou devenir.

Leur couple est une toupie en mouvement constant. Leurs caractères opposés sont les forces gyroscopiques qui la font tourner. Une intervention extérieure pourrait déséquilibrer ce cocon intérieur.

Tandis qu'elle vaque à ses pensées, le bébé se met à brailler si fort que tous les passagers se tournent vers la mère, embarrassée. Béatrice ne peut s'empêcher de manifester, par un soupir, son agacement face à ces interférences intempestives qui troublent ses méditations.

Comment réfléchir sérieusement dans de telles conditions ?

C'est tout le problème lorsqu'on voyage en seconde classe.

La politique de l'entreprise consiste à réserver les trajets en classe business aux longues distances, c'est-à-dire plus de trois cents kilomètres. Donc, pour un aller-retour Paris-Dijon, c'est voyage en classe de neige !

Elle regarde sa montre Mauboussin. L'aiguille affiche dix-neuf heures. Cette montre, c'est Sébastien qui la lui a offerte pour leur dernière Saint-Valentin. Un cadeau au-dessus de ses moyens. Passionné de culture, avide de transmettre ses connaissances, il s'est lancé sciemment dans de longues études malgré de faibles perspectives d'avancement. En plus du temps libre dont il dispose, et du sentiment d'utilité social, il y trouve aussi l'intérêt d'être « payé pour lire ».

Dans leur ménage, c'est elle qui contribue, sur son salaire fixe, à la majorité des dépenses. Sa part variable finance une grande partie des vacances, vacances au soleil, souvent, confort et farniente. Enfin, quand elle s'autorise à prendre des congés !

Sébastien ne se plaint pourtant jamais ni de ses absences répétées ni de son zèle excessif qui la pousse souvent à rogner sur ses vacances, voire à se connecter pendant ses congés.

Son homme est un amour. Dans leur vie intime, il gère absolument tout. Tout sauf le ménage, parce que pour cette tâche, il y a Amélie. Faire appel à une aide-ménagère est d'un grand soulagement pour le couple. Au départ, Sébastien n'était pas trop d'accord, il voulait s'en occuper, mais à force d'insister, elle a fini par le convaincre. Moins de tensions, plus de temps pour le couple, un emploi de créé et puis, il y a l'avantage fiscal.

C'est l'argument humain qui a eu le plus d'impact auprès de Sébastien.

« Oh, mais il ne va pas bientôt la fermer, ce bébé ? ».

Encore une heure de trajet, une heure à supporter le bruit des paquets de chips froissés. Madame sans gêne a carrément sorti le pique-nique.

Aux cris stridents du nourrisson hurlant s'ajoute l'odeur forte des aliments choisis parmi les plus odorants ! Des œufs durs, non mais c'est hallucinant ! Cette femme n'a aucun savoir-vivre, vraiment !

À bout de nerfs, elle décide de se relever pour se réfugier dans le couloir. Elle est encore mieux là, debout entre le porte-valises et les toilettes. Elle en profite pour passer un coup de fil afin d'avertir Sébastien de son heure d'arrivée.

— Tu fais bon voyage, ma chérie ?

— Non !

La réponse ne peut pas être plus catégorique. Sur un ton lénifiant, Sébastien, coutumier du « rien ne va jamais », joue son rôle de conjoint complaisant :

— Que se passe-t-il, ma chérie ?

Béatrice s'anime et répond au téléphone tout en accompagnant sa conversation de grands gestes agités, qu'il ne voit pas :

— C'est juste horrible ! Je suis enfermée dans un wagon avec une jeune femme qui ne sait pas tenir sa couvée. Ça bave, ça mange, ça chiale, je n'arrive même pas à penser ! Mon trajet est un enfer, vivement que le train arrive !

— Alors, je vais essayer de te remonter le moral en te donnant le menu de ce soir. Saumon et fondue de poireaux, ton plat préféré. Je voulais te faire la surprise, mais je pense que tu en as besoin. Imagine… une ambiance feutrée, des lumières tamisées, de discrètes notes de Jazz…

Béatrice se rassérène. Pouvoirs évocateurs des mots ! Elle ferme les yeux, s'imagine déjà avec un bon verre de vin blanc.

— Tu as pris quelle bouteille ?

— Chablis grand cru, domaine William Fèvre, ma petite chérie.

— Oh, Sébastien ! Tu es juste… divin !

— Ma femme mérite ce qu'il y a de meilleur.

Voilà exactement pourquoi elle aime Sébastien, il la connaît par cœur et la comprend mieux que quiconque. Voilà pourquoi il est difficile d'aborder ce sujet de bébé, elle sait qu'elle part perdante, qu'un jour il faudra en parler.

— Dis-moi à quelle heure tu arrives, afin que tout soit prêt ? Tu n'auras plus qu'à mettre les deux pieds sous la table.

— J'arrive à vingt heures dix. J'ai encore cinquante minutes à supporter les gremlins !

Elle retourne s'asseoir. Le vieux monsieur face à elle dort toujours, la bouche ouverte. Un filet de bave s'échappe du coin droit de ses lèvres. Sa femme, quant à elle, est passée des mots fléchés au sudoku. Heureusement, il n'y a personne à côté d'elle et Béatrice peut s'étendre un peu en posant ses affaires sur le siège. Il n'y a rien de plus désagréable que de se retrouver les pieds coincés entre son sac et les pieds du voisin. C'est d'ailleurs pour cela qu'elle préfère choisir un emplacement en carré. Plus de place, plus d'espace. Mais bon, plus de monde aussi.

Miracle ou mirage ? Les trois enfants se sont assagis. Le bébé s'est endormi et les deux petits, qui ont fini leur repas – si l'on peut appeler cela un repas –, dorment allongés en travers sur les fauteuils, pieds nus. Béatrice a horreur des gens qui enlèvent leurs chaussures dans les lieux publics. Ces immondices qui dépassent, elle a envie de les piquer avec une aiguille.

Elle commence tout juste à s'assoupir lorsqu'une brusque secousse stoppe le train net.

Les gens s'agitent, s'affolent, le TGV est complètement à l'arrêt et ne redémarre pas. Même si ces incidents sont fréquents, c'est toujours plus gênant quand ça arrive le vendredi soir !

Après quelques minutes de silence radio, un des contrôleurs prend le micro :

— Mesdames, messieurs, le train est arrêté en pleine voie…

« Sans blague ! Comme si on n'avait pas remarqué ! »

— … nous vous prions de ne pas essayer d'ouvrir les portes pendant que le train est à l'arrêt…

« Mais voyons, on est cons aussi ! »

— … Nous vous tiendrons informés dans les plus brefs délais.

« On n'en sait toujours pas plus ».

Bref, Béatrice perd patience.

Si encore les ennuis s'arrêtaient là, mais évidemment le choc et le haut-parleur ont réveillé le bébé et excité les mouflets.

— Maman, maman, y s'passe quoi ?

— Je ne sais pas mon chéri, ils ne l'ont pas dit.

— Vas-y, vas-y, donne-moi la console. Maman, maman, c'est à moi, maintenant ! Dis-lui que c'est à moi !

« Ouiiiiiiiiin, Ouiiiiiiiiin »

« Non mais quel cauchemar ! »

Dans tout cela, le vieux ne s'est pas encore réveillé. Son filet de bave a glissé vers le col. Écœurant !

Béatrice essaie de penser à son dîner aux chandelles, au Jazz, au Chablis.

Dans le wagon, les passagers s'agitent, se lèvent, récupèrent des affaires dans leurs sacs posés au-dessus de leur tête ou sur les porte-bagages. Certains ont l'obligeance d'aller dans le couloir pour passer leurs coups de fil, mais d'aucuns ne se gênent pas pour le faire à voix haute en restant à leur place.

Les gens ont faim, les gens mangent. Les gâteaux crépitent sous les dents, ça grignote de partout comme des petites gerbilles, c'est infernal.

Vendredi, c'est un jour de fin de semaine, le jour qui met un terme à cinq jours de déplacements sur la France entière, cinq jours de transports en commun, de correspondances, de migrations de villes en villes, d'hôtels en hôtels, de discussions, de négociations, de contrats signés, de réussites et d'échecs, de réussites plus que d'échecs. Le vendredi, ce devrait être le jour du dîner en tête à tête, du saumon-fondue de poireaux et du tiramisu au café. Le vendredi soir devrait être un temps de détente, récompense pour les efforts accomplis et l'énergie déployée dans la conduite des projets de la semaine.

Ce vendredi soir n'a rien d'un vendredi soir reposant, c'est un soir de tintamarre, assourdissant. Tout autour d'elle, les voix des passagers impatients s'élèvent en une véritable cacophonie.

Béatrice a trop chaud dans son tailleur en soie. Sa chemise est trempée. Elle a peur d'enlever sa veste, peur que des auréoles de sueur n'apparaissent sur sa chemise blanche, sous ses bras.

Elle préfère vérifier, se lève, prend son sac à main (on ne sait jamais) et se dirige vers la cabine de toilettes.

Évidemment, la cabine est très étroite, sent mauvais et le sol est humide. Toilettes seconde classe, en somme !

Elle repose le couvercle soulevé sur le socle pour ne pas voir le fond de la cuve, pose son sac à main sur le bord du lavabo, se contorsionne pour retirer sa veste et sort un déodorant à billes. Effectivement, il y a des auréoles, mais alléluia, les marques sont légères, ça ne se verra pas, ni vu ni connu. Elle se dit qu'elle aura au moins réglé le problème olfactif. Ajoute une petite note d'eau de parfum, petit plaisir de vanille et de musc blanc.

Les deux premiers boutons de sa chemise détachés, elle se sent déjà plus légère. Elle relève sa crinière rousse en un chignon grossier noué par un large chouchou noir après avoir pris soin de laisser deux mèches s'échapper sur son front. Le miroir lui renvoie l'image d'une femme sûre d'elle, pleine d'assurance. Bien qu'elle ne se trouve pas foncièrement jolie, elle sait qu'elle dégage un certain charme. Dans sa vie quotidienne, elle en joue même un peu.

« Celui qui s'aime avec assez d'intensité transforme tout ce qu'il y a autour de lui en richesse [1]», lui dit son autrice de cœur. L'estime de soi, étape ultime de la pyramide de Maslow, clé du leadership.

La voilà face à elle-même, observant son image dans le miroir dans le train comme s'il appartenait à une autre.

Se lance un « T'es pas mal, ma vieille. Crédible. Une vraie femme d'affaires ». Se rapproche de la glace, passe le doigt sur ses cernes comme pour les effacer, fait la moue, se place de profil, prend un air sévère, puis un air empathique, s'entraîne à faire la cheffe.

Depuis quelque temps, elle travaille sur la notion de leadership. À l'aller, elle a lu d'une seule traite la fable de John Kotter, *Alerte sur la banquise, conduite du management en période de changement*, se dit qu'en plus d'être un guide de management, ce pourrait être un excellent conte pour enfants. Ludique et instructif. Et si les enfants étaient capables d'intérioriser les choses les plus complexes ? Leur cerveau pourrait-il comprendre les messages codés ? C'est peut-être comme ça qu'on fait des enfants surdoués…

Mais pourquoi penser à cela maintenant ? Vite, chasser ces pensées importunes et polluantes. Retourner s'asseoir et observer les marmots qui s'agitent dans le wagon. Ça devrait la vacciner.

---

[1] Nathalie Sarraute, *Tu ne t'aimes pas*.

Les enfants d'en face, qui sont encore en train de se battre pour cette foutue console de jeux, n'ont probablement jamais ouvert un livre, eux, c'est sûr.

Satisfaite de son look, tout bien mise, elle retourne s'asseoir et envoie un SMS à Sébastien.

— Train arrêté en pleine voie. Pas d'info. Te tiens au courant. Désolée.

En attendant des nouvelles du commandant de bord, elle repense à cette réunion de la veille, dans les locaux d'HERIGIE, à La Défense.

Cette entreprise, dont elle est salariée depuis huit ans, est spécialisée dans la conception, la vente, l'installation et la maintenance de logiciels auprès d'entreprises, d'indépendants et d'institutionnels de tous secteurs d'activité. Béatrice travaille au sein de la section « Grands Comptes ». Trois personnes sont dédiées à ce marché : Béatrice, qui est responsable des ventes sur toute la moitié Est de la France, Bertrand, responsable des ventes sur la partie Ouest, Adeline, leur adjointe commune, chargée des questions administratives (gestion des agendas, gestion des rendez-vous, réponse aux appels des clients).

Ce service est piloté par Aymeric, directeur national des ventes, qui dirige également le marché de la clientèle de professionnels qui comprend les petites entreprises, les artisans et les professions libérales. Le marché Grands Comptes est en quelque sorte la Rolls-Royce de la boîte : il génère à lui seul plus de dix millions de chiffre d'affaires. Les deux commerciaux sont un peu les chouchous du patron, du moins c'est comme ça que les autres les perçoivent.

Réductions SNCF, équipements high tech, restaurants : ces avantages, indispensables en mobilité, font des envieux.

Il y a quatre jours donc, Aymeric a convoqué les trois membres de l'équipe pour un petit point de rentrée. C'était en début de semaine, lundi matin. Après avoir annoncé les chiffres, comparé les résultats des deux chargés de secteurs (Béatrice était en tête, avec une avance de trois millions d'euros de chiffre), il leur a solennellement annoncé sa promotion :

— Le conseil d'administration m'a proposé le poste de directeur général. Évidemment, j'ai accepté, je ne vais pas cacher ma joie.

Carrément ! Béatrice et Bertrand, collègues mais concurrents qui se livrent une compétition acharnée depuis trois ans à qui générera le plus de chiffres, se sont échangé un vif regard de stupéfaction partagée.

Ce n'est pas juste sa promotion qu'il leur a annoncée. Son départ prochain signifie aussi que le poste serait bientôt vacant. Un poste libre est un poste à prendre, et ça a vite fait d'aiguiser les appétits des deux ambitieux : qui va devenir calife à la place du calife ?

— Évidemment, a poursuivi Aymeric, il va falloir me trouver un remplaçant, et vous savez comme moi que ce métier demande beaucoup de technicité. Les clients sont exigeants, ils ont besoin d'interlocuteurs de poids. Notre marché doit être représenté par un directeur d'un naturel charismatique. Vous avez tous les deux les compétences techniques nécessaires pour occuper cette fonction. Après, c'est une question de posture. L'un de vous pourrait tout à fait bien me remplacer. J'ai déjà ma petite idée en tête mais rien n'est encore figé ni validé. Nous ferons un point en décembre.

Comment exacerber les tensions, en l'espace de cinq minutes ?

À la sortie de la petite salle de réunion, Bertrand, toujours aussi sympathique, n'a pas résisté à la tentation de déstabiliser son adversaire :

— On dirait que l'un de nous deux va bientôt être patron de l'autre.

— On dirait, oui, a répondu Béatrice sur le ton le plus neutre possible.

— Ce ne serait pas le moment de nous faire un bébé, hein ?

Remarque gratuite, facile et cynique, accompagnée d'un rire d'hyène et d'un clin d'œil saugrenu.

À présent, elle sait que ce n'est pas seulement une course à la performance qui se joue dans l'arène, mais une guerre des sexes, la même guerre qu'elle mène depuis des années, avec résilience et persévérance. Jusque-là, sa pugnacité a payé. Même place, et, elle l'espère, même salaire. Inédit.

Mais voilà, ce même lundi soir, lorsqu'elle est rentrée chez elle, elle n'a pas eu le courage ni le temps d'annoncer la nouvelle à Sébastien parce que celui-ci avait préparé un dîner ambiance « conseil de famille », un dîner pour parler sérieusement, un dîner qui avait un air de doléances.

Ce soir-là, il lui a demandé… un bébé !

Elle était repartie le lendemain sur les routes. Lorsqu'elle travaille, plus le temps de cogiter : la cadence est très élevée.

Un poste à hautes responsabilités et un bébé. Deux propositions qui arrivent simultanément, incompatibles, aux antipodes l'une de l'autre. Il faut bien réfléchir à la question, il y a bien un moyen de se tirer de cet imbroglio.

Mais là dans ce train à l'arrêt, elle avait tout le temps de réfléchir, c'était l'occasion ou jamais, mais dur dur de se concentrer dans le ramdam populaire, ces gens qui mangent, ce vieux qui bave et ces gosses qui crient !

— Mesdames, messieurs, nous vous informons que le train va repartir. Arrivée prévue à vingt heures quarante à Paris Gare de Lyon. Nous vous prions de nous excuser, une nouvelle fois, pour ce retard qui est dû à un animal percuté sur la voie.

Soulagement.

Anna

Cela fait seulement vingt minutes qu'Anna et les petits sont dans le TER et elle a déjà des envies de meurtre. Pierre (deux ans) n'a pas arrêté de pleurnicher depuis le départ, et les filles, Constance (six ans) et Fleur (sept ans), n'ont pas cessé de se chamailler.

Pourtant Anna avait décidé de partir en fin de journée, en espérant que les enfants fatigués somnolent un peu. Espoir chimérique. Depuis quand les enfants se fatiguent-ils ? Ils fatiguent les autres, mais jamais eux-mêmes, c'est bien connu. Quand vous n'avez plus aucune énergie, eux en ont à revendre.

Anna est une jeune femme élancée de trente-deux ans. De longs cheveux noirs qui lui descendent jusqu'à la taille et de grands yeux verts, elle est sublime. Et pourtant, elle ne se trouve pas jolie.

Parce qu'elle ne se met pas en valeur. Parce qu'elle n'en a tout simplement pas le temps, avec toute sa tribu à gérer.

Heureusement, la petite famille est installée au complet dans un carré. Tous ensemble.

Anna regarde autour d'elle, gênée que ses enfants fassent autant de bruit. Il lui semble qu'on n'entend qu'eux.

Juste à côté de leurs places, elle croise le regard excédé d'une jolie rousse apprêtée.

Visiblement, elle n'a jamais été en contact avec des enfants celle-là !

En face de la jeune femme, deux personnes âgées sont assoupies, paisibles. Ces deux-là ne vont déranger personne.

Bon, les filles essaient à nouveau de s'arracher la console de jeu des mains. Anna a beau leur dire « chacune votre tour », elles n'écoutent rien.

« Maman c'est quand qu'on arrive ? ». Quels parents n'ont jamais entendu cette phrase maudite lors d'un voyage de quelques heures, parfois même juste pour aller faire les courses ? Le « bientôt » que serine la maman ou le papa ne sert généralement à rien et la question revient environ toutes les cinq minutes.

Ça et le : « j'ai envie de faire pipi ». Multiplié par trois enfants, cela fait au moins dix allers-retours aux toilettes en deux heures de voyage.

Et dire qu'il y a encore plus d'une heure de trajet !

Anna se rend chez son frère à Paris où elle va être hébergée quelques jours le temps de trouver un appartement et surtout, un emploi. À Genlis, petite ville de Côte d'Or, les perspectives sont, pour elle, très limitées.

Aucun espoir de trouver un quelconque poste, dans quelque branche que ce soit. Là-bas, tout le monde se connaît, alors avec ses trois « boulets, ses chances sont réduites à presque néant. Les patrons n'aiment pas les mères isolées. Si un enfant est malade, si le mode de garde est défaillant, cela veut dire systématiquement absence au travail. C'est un frein énorme pour se trouver un job.

Bon allez, c'est reparti, maintenant c'est « j'ai faim ».

Heureusement, Anna a tout prévu. Quand on est mère de trois enfants, on pense à tout. Elle dispose sur la table chips, petites tomates et œufs durs. Les biscuits, elle les sortira au dernier moment, sinon ils ne mangeront que ça. Elle jette un œil à sa voisine et s'aperçoit qu'elle regarde d'un air complètement écœuré son petit déballage. Mais qu'est-ce qu'elle croit celle-là, qu'elle va sortir l'argenterie et le foie gras au milieu du train ?

Alors là, c'est le pompon ! Sa voisine, d'un mouvement brusque, mais qui reste gracieux, se lève et se dirige au bout du wagon, en direction du couloir.

Bien sûr, Anna se rend bien compte du vacarme, entre les paquets de chips froissés et les enfants qui réclament à boire, encore, ou j'en veux plus. Dans le wagon, on n'entend vraiment plus qu'eux.

Qui n'a jamais connu cela ? Vous prenez un transport en commun et vous vous retrouvez avec toute une tribu, que les parents n'arrivent pas à gérer et qui piaille tout le trajet. Ou pire, avec un bébé qui pleure. Vous n'avez plus qu'une envie, changer de place loin de la marmaille qui hurle. De quoi vous dégoûter d'avoir des enfants.

Madame Pince-lèvres revient du couloir et se pose avec grâce sur son siège tout en jetant un coup d'œil hautain du côté d'Anna.

Après le repas, les enfants se calment enfin. Il est tard, la fatigue a eu raison d'eux. Pierre est en boule sur son siège, on dirait un ange quand il dort. Mais seulement quand il dort ! Fleur et Constance ont retiré leurs chaussures et se sont étalées à leur place, pieds nus. Enfin un peu de silence et de calme.

Anna va pouvoir souffler un peu.

Ereintée, elle commence à somnoler, se laisse aller. Cette longue journée l'a vidée de son énergie. Emportée par sa fatigue, sa tête ballotte de gauche à droite, et ses paupières se ferment.

Las, il ne s'est pas passé dix minutes qu'une brusque secousse la sort de sa léthargie. Le train vient de s'arrêter en pleine voie.

« Mesdames, messieurs, le train est arrêté en pleine voie en raison d'un incident indépendant de notre volonté. Veuillez ne pas descendre sur la voie. »

Ben tiens, comme si elle allait prendre un gamin sous chaque bras et sortir du train !

« Maman, maman, y s'passe quoi ? » demande Fleur.

— Je ne sais pas ma chérie, ils ne l'ont pas dit.

Evidemment, tout ce capharnaüm a réveillé les enfants.

Allez, hop, c'est reparti pour un tour, les chamailleries pour la console et Pierre qui pleurniche. Quand cela va-t-il s'arrêter ?

Et la voisine qui n'arrête pas de la regarder en pinçant les lèvres, comme si elle était une mauvaise mère qui n'arrive pas à gérer sa tribu. C'est sûr ce n'est pas elle à qui on pourrait reprocher quelque chose.

Tirée à quatre épingles, pas un cheveu qui dépasse, on la dirait sortie d'un magasin de mode. La super classe !

Bien qu'elle ne soit pas non plus hyper canon, elle dégage un charme à faire rougir une femme. Alors imaginez ce que doivent penser les hommes !

A côté, Anna a l'impression de sortir d'une poubelle avec son vieux jogging, ses vieilles baskets qui ont connu de meilleurs jours, ses cheveux en bataille et ses immenses cernes sous les yeux.

L'arrêt du train, brutal, semble avoir réveillé tout le wagon. Le bruit des conversations téléphoniques des personnes qui, sans aucune gêne, font partager leur vie privée à tous les voyageurs, fait monter d'un cran l'énervement général.

Sans compter les allées et venues aux toilettes.

Heureusement, cela ne dure pas trop longtemps. Enfin tout est question d'appréciation. Pour Anna, cela semble une éternité.

« Mesdames et messieurs, nous vous informons que le train va repartir. Arrivée prévue à vingt heures quarante à Paris Gare de Lyon. Nous vous prions de nous excuser, une nouvelle fois, pour ce retard, qui est dû à un animal percuté sur la voie ».

Enfin une bonne nouvelle !

Allez, encore une petite demi-heure de patience et ils seront arrivés. Encore faudra-t-il faire descendre la troupe tout en traînant les deux lourdes valises. Et ça, c'est une autre histoire !

Inutile d'espérer un coup de main de la parte de la magnifique rousse d'à côté, celle-ci risquerait de se casser un ongle. Mais bon, elle trouvera bien un bon samaritain pour lui poser sa valise sur le quai. Un soupir exagéré, un regard de biche…

A présent, le train est reparti et les enfants somnolent à nouveau, le roulis ayant eu raison de leur résistance.

Le silence revient dans le wagon.

La jeune mère ferme les yeux et s'accorde quelques minutes de pause. Mais ce court répit, loin d'être délassant, fait resurgir les souvenirs douloureux des mois qui se sont écoulés.

Il y a quatre mois exactement, sa vie a basculé.

En trois coups :

Toc, Toc, toc…

Juste trois petits coups sur une porte en bois, trois petits coups qui ont bouleversé sa vie.

Anna était assise sur le tapis, entourée de ses trois enfants. Ils étaient en train de jouer à un jeu de société. Enfin « jouer » est un bien grand mot, « se battre » et « tricher » serait plus juste.

Elle n'avait pas été étonnée d'entendre sonner à la porte, même si elle n'attendait personne. C'était le mois de décembre et beaucoup d'enfants passaient vendre les calendriers de leurs clubs ou les biscuits de Noël.

En se dirigeant vers la porte, elle avait attrapé son porte-monnaie au cas où.

Avait ouvert la porte, sans appréhension aucune.

Las, ce n'étaient pas des enfants qui se trouvaient devant la porte ! Quelle n'avait pas été sa surprise à la vue des deux policiers visiblement très mal à l'aise !

« Madame De Cantereau ? Vous êtes bien l'épouse de monsieur Nicolas De Cantereau ? »

Il y avait eu un moment de silence, un silence gênant, pesant, glacial, tombal.

« Vous êtes seule madame ? Vous pouvez faire venir quelqu'un ? »

Là son sang s'était figé, son cœur s'était mis à battre comme un tambour fou. Ardente tachycardie.

Elle a su avant même que les mots ne sortent de la bouche des policiers.

Nicolas était parti faire un tour à moto avec ses amis. Comme souvent, les samedis après-midi. Mais cette promenade avait été la toute dernière de sa vie.

Les enfants s'étaient approchés par curiosité.

Le policier avait gentiment demandé à Anna de les éloigner. D'une voix tremblante, à peine audible, elle les avait renvoyés jouer dans le salon.

Alors, sur un ton navré, le plus âgé des policiers lui avait décrit le drame : un camion, la chaussée glissante, le choc, la moto encastrée sous le camion et Nicolas éjecté.

Mort instantanée, avaient-ils dit. Coup du lapin. Pas souffert.

Flageolante, elle avait perdu ses moyens, avait failli s'évanouir. Les policiers l'avaient soutenue quand ses jambes l'avaient lâchée. Étaient restés à ses côtés sans mot dire, impuissants face à la violence du choc émotionnel. Ils avaient attendu que ses parents arrivent avant de la laisser.

Ses parents avaient alors pris le relais, s'étaient occupés de leur fille effondrée, des enfants qui ne comprenaient pas ce qui se passait, surtout Pierre. Pour lui, Papy et Mamie étaient là, c'était la fête.

Les parents de Nicolas, qui dès le début, s'étaient opposés à ce mariage qu'ils considéraient être de mauvais rang (ils avaient toujours espéré « mieux » pour leur fils), avaient pris les choses en main. Ils avaient fait rapatrier le corps de leur fils loin dans le nord et s'étaient occupés de l'enterrement. Ayant perdu leur unique enfant, ils ne pouvaient s'empêcher de rejeter la faute sur cette alliance. Il fallait un coupable à leur douleur, trop intense. Un coupable sur lequel décharger leur colère, colère des parents qui ont perdu leur chair et leur sang. Leur belle-fille aurait dû le protéger, l'empêcher de sortir.

Le murer, en somme. Pourtant, Anna avait laissé dire, laissé faire, laissé couler, trop terrassée et anéantie pour réagir.

Ils étaient repartis comme ils étaient venus, sans même un geste de considération pour Anna ou pour les enfants. Leurs petits enfants n'avaient jamais été assez bien pour eux. Pas élevés selon les règles de la bourgeoisie, donc pas des leurs ; fort heureusement, Anna avait pu compter sur sa famille à elle. Son frère, Jean, l'avait épaulée. Il l'avait secouée, pour qu'elle ne s'abatte pas, qu'elle continue à vivre nonobstant.

Les enfants ! Les filles, même si la mort n'est pas évidente à comprendre pour des petites filles de cet âge-là, avaient vite compris que réclamer leur père faisait pleurer maman. Elles s'étaient renfermées, recluses dans leur propre chagrin, avaient décidé de vivre leur deuil sans partage. Sans partage, donc sans soutien. Aucune bassine pour recueillir les larmes qui tombaient dans la mer agitée de leur amertume comme les vagues forment les embruns. Cette solitude amère était le revers de leur silence. Le silence est un rocher sur lequel se brisent les chagrins inconsolés. Il n'y a rien de plus terrible qu'un malheur muet.

Contrairement à ses sœurs, Petit Pierre extériorisait sa douleur, et tous les soirs, il pleurait en réclamant papa.

Puis, un jour, comme s'il avait soudainement oublié son père, il n'en avait plus parlé.

En revanche, ses cauchemars nocturnes et ses colères excessives trahissaient sa douleur. Il était devenu immaitrisable, le roi des caprices. Se roulait par terre sans arrêt et hurlait à s'en décrocher les poumons si on ne lui donnait pas ce qu'il voulait.

Les enfants expriment le manque à leur manière. S'ils ne peuvent pas le faire par la bouche par la force des mots, leurs comportements traduisent une nébuleuse d'émotions.

Anna ne voulait même plus l'emmener dans les magasins. C'est là que ses réactions étaient les plus violentes et le plus théâtrales.

Depuis ce jour fatidique de l'annonce de la mort de son mari, Anna, qui ne travaillait pas jusque-là (le salaire de Nicolas étant suffisant pour faire vivre la petite famille) puise dans les bas de laine du ménage, dont les réserves s'amenuisent.

Sa famille n'est pas assez fortunée pour l'aider à long terme. Son père n'a qu'une petite retraite d'ouvrier et sa mère n'a jamais travaillé, en tout cas, pas de manière rémunérée, puisqu'elle a tout de même élevé sept enfants.

Avant le décès de Nicolas, le couple venait de signer un compromis de vente pour une maison, qui a bien sûr été annulé.

Nicolas n'était pas responsable de l'accident. Il n'avait commis aucune erreur de conduite. Le chauffeur du poids lourd était alcoolisé au moment de la percussion.

Anna devrait toucher une somme rondelette des assurances et du fonds de secours public mais sur le plan administratif, les choses prennent du temps. Souvent plusieurs années de procédures. Et en attendant, elle n'a rien, plus un sou.

Elle s'était mise à chercher du travail par chez elle, mais rien. Dès qu'elle disait qu'elle avait trois petits à charge qu'elle élevait seule, les portes se refermaient.

Et puis, tout le monde connaissait Nicolas. La commisération des autres commençait aussi à lui peser.

Il lui avait fallu se rendre à l'évidence, elle ne pouvait pas rester en province. Sans salaire, elle courrait droit à la catastrophe.

Son frère, à Paris, lui avait parlé d'un couple de sa connaissance qui cherchait une femme de ménage. C'était bien payé et, en trouvant d'autres heures de ménage à côté, elle arriverait à joindre les deux bouts.

Il lui avait proposé de l'héberger avec les enfants le temps de se retourner. Son frère. Son grand frère, si généreux !

Prêt à toutes les concessions pour son sang, prêt à accueillir quatre personnes dans son tout petit appartement de deux pièces.

Il ne savait pas ce que c'était de vivre avec des enfants. Même si elle craignait qu'il ne déchante très vite, Anna n'avait pas eu le choix. Il lui fallait une épaule, une épaule sur laquelle se reposer pour ne pas vaciller. Pour tenir bon.

Elle s'était rangée à son avis. Voilà pourquoi elle est là, ce soir, dans ce train en direction de Paris.

Dans ce train à côté d'une superbe rousse intouchable qui n'a sans doute jamais côtoyé d'enfants de sa vie.

Cette rousse qui continue de regarder du côté d'Anna d'un air pincé. Anna se dit qu'elle aurait aimé avoir l'air aussi fraîche. Mais là, après deux heures à batailler avec les enfants, des miettes et des restes de nourriture collés partout, elle a l'impression de ne plus ressembler à rien.

Le train arrive, enfin, à Paris.

Comme prévu, Anna trouve un bon samaritain. Son frère l'attend sur le quai, ses bras de géant grand ouverts.

Son grand frère, si fort, si solide, le dernier homme sur lequel elle peut compter, toujours là quand elle a besoin de lui !

Pierre se jette à son cou. Les filles l'embrassent timidement. Et voilà notre Jean, qui, le gamin accroché autour du cou, une valise à chaque main, se dirige d'un pas vif vers l'escalator.

Anna et ses filles le suivent comme une portée de poussins timorés et désorientés dans cette gare bondée. Anna, qui dans sa vie a peu voyagé n'a jamais vu autant de monde, autant de panneaux d'informations partout. Sans Jean, c'est sûr, elle n'aurait jamais trouvé son chemin, se serait vite perdue.

« Les filles, ne lâchez surtout pas la main de maman, d'accord ? ».

Elle repère la jolie rousse qui s'éloigne. Elle n'a plus l'air si cul serré que ça finalement. Elle se dirige d'un décidé vers le métro, traînant sa valise derrière elle avec l'envie manifeste de se poser au plus vite. Comme Anna, finalement.

Arrivée au parking de la gare de Lyon, la petite famille s'installe dans la petite Golf de Jean. Le grand frère tente tant bien que mal d'imbriquer les nombreux bagages dans le coffre étroit.

« Ça fait longtemps que je n'avais pas joué aux lego », lance-t-il à Anna, taquin.

Après trois essais, il finit par y arriver. Toute la famille, admirative, applaudit.

Eurêka ! En route pour l'appartement de Jean !

Chapitre 2
Libre de son destin

Béatrice

Béatrice referme la porte, éreintée. Comme chaque soir en rentrant de ses déplacements, son premier réflexe est de retirer ses escarpins qui lui torturent les pieds.

L'élégance a un prix. Être belle et paraître ou se sentir bien, il faut choisir. Esthétique versus confort. Jamais l'un et l'autre.

Dans le salon, son repas l'attend.

Déjà, elle respire le parfum délicat du saumon et se délecte en pensées de ce plat ragoûtant, accompagnée dans son fantasme gastronomique par la voix entraînante d'Aretha Franklin chantant « Baby I love You ».

Qu'il est bon de retrouver son « chez soi » !

Sébastien s'avance dans le couloir. Il veut la prendre dans ses bras, mais elle s'échappe comme une ombre filante, traverse le salon d'un pas de danseuse jusqu'à la salle de bain.

Il la suit, sans mot dire, en la regardant. Il la trouve belle, sa sylphide, malgré sa fatigue et son moral en berne. Son maquillage s'est estompé et ses taches de rousseur qui ne sont plus dissimulées sous le voile de fond de teint font ressortir le charme de sa beauté naturelle. Ces petites lunes tachetées lui donnent un air fragile, presque enfantin, et cette candeur excite ses instincts protecteurs. Il a envie de la serrer contre son cœur.

— Je suis désolée, lui dit-elle, je ne me sens pas très bien, je suis tout en sueur. Je prends une douche, j'enfile mon pyjama et je suis à toi.

Languissant d'amour, Sébastien prend son mal en patience :

— Bien sûr, mon amour. Tout est prêt, mais prends le temps qu'il faut.

Il s'avance derrière elle pour déposer un baiser volé derrière son cou.

« J'ai beaucoup de chance d'avoir un homme comme lui », se dit la jeune femme, tout en essayant de ne pas montrer de faiblesse.

Dans toutes les situations, tant privées que professionnelles, elle s'évertue à se montrer courageuse et forte. Se montrer noble, altière, se plaindre le moins possible. La vie ne lui a pas toujours été facile.

Elle, qui a eu une enfance difficile, a appris à serrer les dents, à faire preuve de résilience.

Même dans les moments les plus simples, dans les petites scènes du quotidien, elle a besoin de ressentir cette impression de contrôle sur elle-même, sur les choses et les gens autour d'elle. Maîtriser son apparence, ses réactions, ses émotions, être une femme forte, quoi qu'il arrive. C'est son seul objectif, un lourd fardeau, aussi. La performance, omniprésente dans son travail, s'invite comme un pique-assiette à la maison. Même dans les moments de détente, il y a cette barrière dressée entre son for intérieur tourmenté par ce souci des apparences et le monde qui l'entoure. Parfois, elle craque. Très vite, c'est le déluge ! Ces flots d'émotions trop longtemps contenus explosent comme un orage en été, et c'est la douche écossaise, pluie d'averses et éclaircies fulgurantes laissent place à un ciel gris et fumant. À la colère, aux réactions irrationnelles et spontanées, succèdent les pleurs d'une petite fille déboussolée, cicatrices de son passé enfoui. Sébastien connaît bien ces échappées ponctuelles délirantes, auxquelles il prête une attention détachée, scientifique presque, dans le genre « mais oui, on connaît le refrain ». Parce que vient le calme, après toute tempête.

Quand elle ressort une dizaine de minutes plus tard, plus fraîche et plus à l'aise dans son pyjama de satin bleu nuit, confiante dans l'image qu'elle renvoie, ses cheveux coiffés tombant en boucles sur ses épaules et son cou parfumé, elle siffle d'admiration devant le décor qui s'offre à sa vue.

Les lumières sont tamisées. Au centre de la table royalement dressée, deux chandeliers à une branche émettent une douce lueur. Quelques bougies chauffe-plats de couleur grise, disposées avec symétrie de chaque côté des assiettes en cristal, ajoutent un charme sobre à ce cadre raffiné.

Les jeux d'ombre et de lumière produits par les flammes vacillantes des bougies et les rythmes du soul viennent, comme un sédatif naturel, chasser ses aigreurs.

Elle s'approche de Sébastien et se pend à son cou.

— Je t'aime, lui glisse-t-elle à l'oreille.

— Je t'aime aussi, lui répond-il en la serrant plus fort.

Il tire sa chaise et l'invite à s'asseoir, lui sert un verre de Chablis qu'elle porte à son nez pour humer ses notes fruitées. Il ne faut pas remuer. Erreur d'amateur, paraît-il. C'est ce qu'a dit le caviste. Les notes de pomme verte et de citron lui enchantent les narines.

Elle se dit qu'elle ne devrait pas, elle pense à sa ligne. Elle a déjà bien assez des déjeuners d'affaires et des repas pris le soir au restaurant des hôtels où elle séjourne.

Mais là, ce n'est pas pareil, ces moments d'échanges intimes avec son amoureux méritent bien un demi-kilo. Le régime, elle verra demain. Comme chaque jour depuis des années, elle reporte ses résolutions diététiques au lendemain.

Le tintement de verre sonne comme le tocsin de cette soirée de fin de semaine qui est aussi leur soirée de début de week-end. Les amoureux portent le vin à leurs lèvres en se regardant langoureusement dans les yeux.

Sébastien est beau. Son front marqué de striures horizontales encore légères et ses petites rides qui se plissent au coin de son regard gris-vert lui confèrent un charme fou, dont il n'a probablement pas conscience. Les années se superposent en épaisses traînées blanches qui se fondent comme des nuances de blond plus clair dans ses cheveux couleur de blé. Les hommes ont de la chance de vieillir aussi bien. Le temps qui passe les rend plus beaux, plus rassurants, plus ténébreux.

Quand ils se sont rencontrés, sur un site Internet, il y a cinq ans, leur premier échange a sonné comme une évidence. Ils sont tombés fous amoureux avant même de s'être vus. Lui le premier. Il a été charmé par le contraste qui se dégageait de cette femme à la fois puissante et féminine, séduit par sa force d'âme et par sa grâce éthérée. Puis ce fut son tour à elle de ployer sous ses prouesses verbales. Passionnée de littérature, de peinture, de sculpture, elle n'a pas résisté aux vers qu'il lui disait, lui, professeur de français passionné de poésie.

C'est sur cette passion commune et finalement peu commune, la poésie, que leurs cœurs se sont liés.

— Alors comme ça ton trajet a été difficile, mon amour ?

— Oui, comme je te l'ai dit, c'était infernal. Je suis vraiment heureuse de te retrouver, et je suis encore plus consciente de la chance qu'on a tous les deux quand je vois la manière dont les gens vivent autour de moi.

— Tu parles de cette femme dont tu m'as parlé, celle avec ses enfants ?

— Oui, celle avec ses trois marmots.

— En parlant d'enfants…

« Ça y est, il remet le sujet sur le tapis ».

— Tu ne vas pas recommencer avec ça ?

— Chérie, s'il te plaît, écoute-moi. J'aimerais vraiment que l'on en parle.

— D'accord, mais pas ce soir, s'il te plaît. Je suis fatiguée et j'ai besoin de me détendre, là.

— Écoute, tu as toujours des excuses pour repousser le sujet à plus tard. Si tu ne veux pas en parler ce soir, alors laisse-moi t'inviter au restaurant demain soir, et on en reparlera plus posément.

Béatrice pousse un soupir de soulagement. Demain sera demain, mais ce soir est ce soir et elle n'a vraiment pas envie de parler de ce sujet fâcheux.

Elle repense à la femme du train. Oui, les enfants seraient mignons s'ils étaient immobiles tels des peluches ou des statues, mais ce sont des doudous qui se transforment en gremlins quand on leur jette de l'eau, comme Guizmo.

Élever des enfants, les emmener à l'école, gérer les rendez-vous chez le pédiatre, les problèmes médicaux, devoir passer ses après-midi et ses week-ends dans des parcs à parents, toutes ces contraintes ne la faisaient déjà pas rêver avant, mais depuis cette annonce du départ de son patron, il lui semble encore moins souhaitable d'envisager une grossesse maintenant.

L'horloge biologique, paraît-il, oui d'accord, mais ce genre d'occasion n'arrive qu'une fois, et si vous ne la saisissez pas, elle vous file entre les doigts. Si ce poste lui file sous le nez, elle ne s'en remettra jamais.

Non, elle ne veut pas penser à cela, veut parler d'autre chose, de ce qu'ils vont faire demain.

Changement de sujet, vite.

— Et si nous allions au musée Maillol ?

— C'est une bonne idée ! Tu sais combien j'aime admirer ses bronzes, tout en rudesse et en volupté. On peut aussi aller aux Tuileries.

— J'aime bien ses peintures de Dina Vierny.

— C'est joli aussi, mais il est quand même un sculpteur magistral, plus sculpteur que peintre.

— C'est vrai. On fait les deux du coup ?

— Adjugé, vendu, ma déesse !

Ils parlent de Maillol et de Dina, d'autres peintres et sculpteurs du Paris de la fin du dix-neuvième siècle et du début du vingtième siècle, et de quelques contemporains.

Ils parlent, ils rient et ils boivent, emportés dans leur extase partagée.

Sébastien a gardé le meilleur pour la fin du repas : une tarte aux framboises de chez Philippe Conticini. Il sait parler aux femmes. Framboises, amies du palais, amies des hanches aussi.

Elle repense à la chanson d'Olivia Ruiz, la femme chocolat.

« Taillez-moi les hanches, à la hache, je suis la femme chocolat… ».

Elle se demande si les pâtisseries paraîtraient si exquises si elles n'étaient pas si caloriques.

Appétissante tentation. Comme il est bon de se laisser tenter !

— Mon Dieu, mon amour, tu es surprenant, s'exclame Béatrice ouvrant des yeux d'enfants.

Non, décidément, le régime, ce n'est pas pour ce soir. Elle se dit que vraiment, elle s'y mettra demain, ou plutôt après-demain, après le restaurant, et, quand elle se dit cela, elle y croit, sincèrement, du moins jusqu'au lendemain.

La table débarrassée, le lave-vaisselle rempli, prêt à tourner, les deux tourtereaux s'embrassent tendrement. La nuit ne sera pas pour tout de suite. Si le vin les a rendus joyeux, il a aussi éveillé leurs ardeurs, ils ont le cœur en émoi et le corps en chaleur.

La suite, on ne la racontera pas. Pour faire court et poétique, leurs souffles se confondent en une danse sensuelle, qui les laisse libres et sereins.

Béatrice s'endort comblée, la tête posée sur le sein de son petit copain, qui lui clame un dernier vers avant de disparaître à son tour dans un rêve :

« Et toi mon cœur pourquoi bats-tu ?
Comme un guetteur mélancolique
J'observe la nuit et la mort[2] ».

Le lendemain, Béatrice se lève aux aurores. Elle se dégage du lit, se meut avec précaution, souple comme une chatte. D'un geste maladroit, elle frappe la jambe de Sébastien avec son pied. Celui-ci ouvre un œil, et le referme presque aussitôt après avoir poussé un gémissement insaisissable, presque cabalistique. Un murmure onirique. Sommeil de plomb, tant mieux.

Il dort encore, il est si mignon quand il dort.

Chaque matin, elle répète le même rituel, qui commence dans la salle de bain. D'abord, elle se lave le visage au savon. Puis, elle commence son crémage. Crème antiride, base de teint, et CC crème pour un maquillage léger et discret, sans démarcation, voile de teint. Enfin, elle ajoute ses « petites touches » : un

---

[2] Guillaume Apollinaire, *Le guetteur mélancolique*.

soupçon de fard à paupière couleur rose pastel, un peu de khôl noir et du mascara.

Seulement après, elle se douche, les cheveux retenus en l'air par une pince, en prenant soin de ne pas les mouiller, ni son visage, déjà maquillé.

Elle le fait dans ce sens parce qu'elle aime le faire dans ce sens, il n'y a pas d'autre explication. Un jour sur deux, elle se lave les cheveux. Mais aujourd'hui n'est pas le jour des cheveux, elle n'aura pas à faire son brushing après avoir pris son petit-déjeuner, la préparation est plus rapide (elle gagne une demi-heure).

Ce moment de solitude matinale, pendant que Sébastien dort, c'est son petit moment rien qu'à elle. Pour rien au monde, elle ne le réveillerait. Ça tombe plutôt bien parce que pour rien au monde, il ne se lèverait à sept heures un samedi matin.

Apprêtée, elle rejoint la cuisine, cuisine qui est aussi le salon. C'est une cuisine américaine, contiguë à la salle de bain.

Elle remplit sa machine du bon café à grains du Salvador acheté dans la brûlerie artisanale du quartier. Pour faire passer la gueule de bois due au petit excès de la veille, elle presse un citron vert dans un verre d'eau, auquel elle ajoute quelques feuilles de menthe. C'est sa potion « lendemain de cuite » ou « potion détox » en version blog féminin.

Une tasse de fromage blanc nappée de sirop d'agave, un bol de porridge et une tasse de café fumant plus tard, elle s'installe confortablement dans le canapé avec le journal du matin.

Sébastien se lèvera vers neuf heures, et, en attendant, elle savoure son plaisir sucré (encore inoffensif à cette heure) en lisant les nouvelles de la veille.

Seulement, sa lecture est perturbée, polluée par des pensées intempestives. Béatrice est inquiète, anxieuse. Elle pense à cette promesse qu'elle a faite à Sébastien, quand elle lui a dit qu'ils reparleraient le lendemain de cette question de maternité. Le lendemain, c'est samedi. Samedi c'est aujourd'hui. Le sujet va être remis sur la table d'un restaurant ce soir, c'est très embarrassant.

Sébastien se sent vieux, et il veut un enfant. Aussi parce qu'il pense que le temps presse pour elle aussi. Il veut un enfant maintenant.

Il l'aime, ça, elle le sait. Elle est consciente qu'il ne conçoit pas sa vie sans elle, qu'il ne la quittera pas, qu'il acceptera sa décision dans la joie ou la résignation. D'un autre côté, elle se dit qu'elle ne peut pas le priver du bonheur d'être père, puisque pour lui donner la vie est le sens de la vie.

Quel dilemme !

Son job et son couple. Son yin et son yang. Son équilibre, sa balance.

Fragiliser l'un ou l'autre. S'il faut lui donner un enfant, elle le fera peut-être, mais il faut retarder l'échéance, encore. Elle a besoin de ce job, elle s'est battue toute sa vie pour ça.

Petite, elle n'était rien pour personne. Orpheline, elle n'avait rien, elle a gravi les échelons, monté les marches de l'escalier social, une à une, à la sueur de son front.

Renoncer si près du but ? Hors de question !

La maternité ou le pouvoir. Être une femme ou être quelqu'un. Pourquoi choisir nom de nom ?

Ça peut attendre encore un peu, quelques années, non ? Il y a bien des femmes qui font des enfants à quarante-six ans. Alors oui, c'est jouer avec le temps, c'est comme lancer des dés en espérant faire une grande suite. On peut faire une grande suite du premier coup, du deuxième ou du troisième, mais on peut aussi ne rien faire du tout, et mettre un zéro dans la case « grande suite ». Après, c'est presque impossible de rattraper le jeu.

Mais la vie n'est pas un jeu de dés. Il y en a qui confient leur sort aux dés, qui ne sont pas capables de prendre une décision sans les dés. Le hasard c'est excitant, elle en a entendu parler. Mais même les hommes-dés ne peuvent pas jouer indéfiniment avec la vie. Le ventre d'une femme est un fil tendu et le temps tire dessus.

« Mon Dieu » se dit-elle « le destin d'une femme est un bien sombre tableau ! Les femmes sont les esclaves de leur féminité, et les hommes les maîtres de l'humanité ».

Non, jamais, cela ne peut pas se passer comme ça. Ce job, elle l'aura, elle a travaillé dur, elle a plus de mérite que son collègue narquois.

Elle ne peut pas se rabaisser, ce serait reconnaître une faiblesse à son sexe qu'elle revendique avec fierté. Ce serait passer à côté du pouvoir aussi, ce pouvoir qu'elle aime, qui la fait vibrer, ce pouvoir qui est comme l'anneau unique de Soron, à la fois fascinant et hypnotique.

Sébastien devra bien l'admettre, il faudra bien qu'il l'admette oui.

Comme la perspective de ce dîner est angoissante !

Il lui reste une dizaine d'heures pour préparer ses arguments. Elle se dit que dans la vie, c'est un peu comme dans le commerce, finalement. On n'est jamais bien sûr de ce que l'on vend, mais il faut convaincre le client. Parfois, on finit par se convaincre soi-même. Quand la négo est bouclée, que l'affaire est conclue, alors on se dit qu'on a eu raison, que c'était la meilleure solution, on la défend, on la porte avec une certitude assumée, de toute façon, on ne peut plus revenir en arrière.

Déterminée, Béatrice se prépare à affronter l'orage. Sa décision est prise, sa priorité sera sa carrière.

Anna

Les enfants ont somnolé tout le long du trajet, c'est-à-dire seulement quinze minutes.

Jean habite dans le 12e. Un petit appartement deux-pièces de quarante-cinq mètres carrés mignon comme tout. Une petite entrée, une cuisine qui fait salle de séjour et une chambre.

Cohabiter dans une si petite surface à cinq, cela va être du sport.

Déjà sortir trois enfants grincheux et à moitié somnolents de la petite voiture, les faire monter au cinquième sans ascenseur (eh oui on est à Paris) avec les valises, ce n'est même plus du sport, c'est du sport extrême.

Après une vingtaine de : « Allez, on y est presque ! », le petit groupe arrive enfin sur le palier.

Jean a laissé sa toute petite chambre à Anna et ses enfants. Lui, dormira sur le canapé. Anna s'empresse de coucher les enfants, les deux plus petits sur le matelas sorti de dessous le lit et la grande avec Anna dans le lit. Une seule chose à laquelle personne ne pense : les toilettes sont du côté de la cuisine, donc pour y aller, il faut traverser le salon, là où va dormir Jean.

Pour l'heure, Jean et Anna sont posés sur le canapé et discutent de l'organisation des prochains jours. Jean a une amie, Rose (en recherche d'emploi pour l'instant) qui viendra dès le lendemain piloter Anna dans Paris.

Pour commencer, il faut rencontrer le premier éventuel employeur de la jeune femme (outre celui proposé par Jean). Un couple de septuagénaires cherche une femme de ménage, gouvernante et compagnie pour quatre heures par jour, soit vingt heures par semaine. Rendez-vous a été pris à 11 h le lendemain. « Il faut battre le fer pendant qu'il est chaud », proverbe bien connu. Rose gardera les enfants. C'est déjà un grand pas de fait.

Ensuite, dans l'idéal, il faudrait trouver un appartement, même petit, pour démarrer. Mais là, cela relève de l'utopie. Anna n'a pas encore de salaire. À Paris, les loyers sont exorbitants. Jean paye mille deux cents euros pour son quarante-cinq mètres carrés. Même une fois déduites les APL, Anna aura un gros reste à charge à payer.

Ses seuls revenus pour l'instant sont les allocations familiales et l'allocation de soutien familial versées par la Caisse d'Allocation Familiale. Soit un total de six cent cinquante euros. Son salaire entier n'est même pas suffisant pour louer une chambre de bonne.

Les parents de Nicolas ont quand même décidé de ne pas abandonner leurs petits-enfants, ils lui versent tous les mois une somme de cinq cents euros et ils la soulageront des enfants la moitié des vacances scolaires.

Enfin, là, ça ne peut pas attendre, il faut inscrire les enfants à l'école du quartier, à trois rues d'ici. Anna aurait bien aimé trouver un appartement pas trop loin pour ne pas être obligée de changer les enfants d'école deux fois de suite.

La journée a été longue et riche en émotions, Anna succombant de fatigue, écourte la soirée et va se coucher. Une bonne nuit de repos et il n'y paraîtra plus.

C'était compter sans les enfants car, trois fois dans la nuit, Anna a été obligée de se lever pour les emmener un par un aux toilettes. C'est-à-dire, traverser le salon, allumer la lampe torche et passer devant le canapé où dort Jean, en s'efforçant de faire le moins de bruit possible, ce qui, avec seulement un tout petit éclairage, sans connaître les obstacles, n'est pas évident.

Le lendemain matin, Jean qui n'a pas beaucoup dormi à cause des va et viens incessants, a pris la décision de récupérer sa chambre qui va vite devenir son sanctuaire pour échapper à des enfants très perturbés et pas du tout calmes. Lui, la nuit, il dort, il n'a pas besoin d'aller aux toilettes.

Cette nouvelle vie va nécessiter quelques aménagements, c'est sûr.

Le matelas sera placé le long du mur derrière le canapé, son cher téléviseur va atterrir dans sa chambre tout comme son matériel informatique, et sa console de jeu que les enfants regardent déjà avec envie.

Pas question qu'ils mettent les mains dessus. Et lui ne se couchant pas comme les poules (eh oui des enfants, ça ne veille pas toute la nuit jusqu'à point d'heures), il faudra bien qu'il s'occupe, retranché dans sa chambre. La cohabitation promet d'être drôle.

Mais Jean adore sa sœur et il fera tout son possible pour lui soulager la tâche dans l'épreuve difficile qu'elle traverse. Enfin, c'est ce qu'il dit pour l'instant, car la patience a ses limites et les choses ne vont pas tourner ad vitam aeternam comme ils l'avaient envisagé tous les deux.

Le petit-déjeuner ne se passe pas dans le calme puisque malheureusement Jean n'a pas dans ses placards les Chocapic que mange Petit Pierre. Heureusement juste en dessous de chez lui se trouve un Franprix ouvert très tôt. En pantoufles, en enfilant à la hâte un pantalon de jogging, la tête dans le cul comme on dit, Jean se dévoue pour aller acheter les céréales, du lait (ça boit autant de lait les enfants ?), le sacrosaint cacao en poudre Nesquik et quelques chocolatines.

Une fois ces impondérables honorés, les deux adultes peuvent enfin savourer leur café bien mérité.

La journée commence à peine.

Faire prendre une douche à chacun des enfants dans une toute petite salle de douche est un véritable casse-tête : « Non, Pierre on ne peut pas prendre de bain, il n'y a pas de baignoire ! ». Et il va falloir répéter ça tous les jours. Jean réalise très rapidement que cela ne va pas être aussi simple qu'il se l'était imaginé.

Une fois les enfants prêts, et en attendant Rose, les adultes peuvent, à leur tour, passer se rafraîchir.

Rose arrive enfin, à dix heures pétantes. Elle plaît immédiatement aux enfants, mais moins à Anna.

Rose porte un ensemble hétéroclite de vêtements de toutes les couleurs, elle a un anneau dans le nez et ses cheveux sont : roses, comme son prénom !

Elle est volubile, et rit tout le temps. Rien n'est sérieux pour elle. Elle est au chômage, ce n'est pas grave, ça s'arrangera.

Petit Pierre, pourtant très timide avec les étrangers, grimpe tout de suite sur les genoux.

Ce qui étonne Anna, mais si elle plaît à son fils alors tout va bien.

Pendant que le petit groupe part ensemble au rendez-vous de travail d'Anna, Jean en profite pour réorganiser son appartement.

Il est plutôt fier du résultat. Il s'est fabriqué un petit cocon à lui, au sein duquel les enfants ne seront pas admis et où il pourra respirer. Enfin, en principe.

Sa chambre est désormais terrain interdit à tout ce qui ne mesure pas au moins 1m50. Il a son coin télé et son bureau, avec sa console et son ordi. Bon, il sera un peu serré mais ça ne durera pas longtemps. Ça, c'est ce qu'il se dit.

Revenons-en à Anna.

Elle a laissé avec un énorme pincement au cœur sa progéniture à cette drôle de petite bonne femme et s'est présentée à ce gentil couple de personnes âgées.

Madame Odette, âgée de 75 ans, sort de l'hôpital après un A.V.C. Pas trop marquée par cette maladie, ses mouvements sont quand même ralentis et elle a besoin d'aide, surtout le matin, pour tout ce qui est toilette et petit ménage.

Monsieur Léon, âgé de 78 ans, circule avec un déambulateur dont il pourrait apparemment très bien se passer, mais cela semble l'amuser.

Le petit couple habite un charmant appartement de 80 m2 dans le 12e et ne semble pas du tout dans la misère. Ils adoptent immédiatement Anna qui leur plaît bien. Elle commencera lundi prochain, soit dans une semaine.

Le salaire qu'ils proposent est plus que correct : neuf cents euros pour vingt heures par semaine, cela paraît bien à Anna. « Très bien payé » se dit-elle.

Elle oublie juste qu'à Paris, le coût de la vie n'est pas du tout le même qu'en province.

Elle va vite s'en rendre compte.

Ragaillardie par ce premier succès, elle qui doutait de ses capacités, c'est avec le sourire qu'elle rejoint Rose et les enfants dans le petit parc au bout de la rue.

« Alors maman, tu l'as ton travail ? ». C'est Fleur qui pose la question. Depuis quelque temps, elle s'inquiète beaucoup et essaie par tous les moyens d'aider sa maman, même si parfois l'enfant refait surface. Alors elle se dispute avec sa sœur, ce qui est normal à cet âge. C'est une petite fille qui veut jouer à l'adulte trop tôt.

Le sourire d'Anna la rassure, et, pour fêter cela, Anna invite tout le monde, même Rose, à la crêperie en face du parc.

Bon, quand la serveuse voit arriver le petit groupe, elle pince un peu les lèvres, mais le sourire angélique de Petit Pierre la fait fondre immédiatement. Il faut dire que cet enfant a tout pour séduire.

Pierre est né avec des cheveux blancs, une peau très pâle et de superbes yeux bleus presque transparents. On dirait un petit elfe. Anna lui laisse pousser un peu les cheveux sur les épaules, ce qui lui donne un air encore plus angélique, irréel.

Les filles sont également superbes, à l'image de leur mère. Fleur, l'aînée, est une petite fille aux yeux bleus, mince et élancée, avec de longs cheveux blonds qui tombent en boucles sur son dos. La deuxième Constance a de longs cheveux bruns, des yeux verts en amande, et un charme irrésistible.

De vraies petites fées.

Qui pourrait résister à un tel tableau ?

La serveuse se plie en quatre pour satisfaire la petite famille. Elle est récompensée par un gros sourire tartiné de chocolat de Petit Pierre qui aime « crop bien » sa crêpe au Nutella.

Après ce goûter gourmand dont la note a surpris Anna – cinquante euros pour cinq crêpes, cela fait cher, mais on est à Paris où rien n'est bon marché –, la famille retourne à l'appartement.

Rose accepte de garder les enfants encore un peu dans le salon pendant qu'Anna se repose. Depuis le décès de Nicolas il y a deux mois, elle est souvent très fatiguée. Même son cycle menstruel est perturbé, elle n'a plus ses règles depuis ce tragique évènement. Sans doute un contrecoup du drame. Il faudra qu'elle se mette en quête d'un médecin rapidement.

L'après-midi est consacré à l'inscription à l'école pour les enfants. Il ne reste que peu de temps avant les grandes vacances scolaires, il est donc convenu de ne pas mettre les enfants à l'école avant la rentrée de septembre.

Anna les gardera les quinze premiers jours de juillet, ses parents les auront du quinze au trente et les parents de Nicolas tout le mois d'août. Cela permettra à Anna de s'organiser, de faire ses recherches tranquillement.

Rose propose de garder les enfants gratuitement « si, si j'insiste » dit-elle jusqu'à leur départ pour Genlis où demeurent les parents d'Anna.

La directrice de l'école Jean Moulin, qui va accueillir les enfants à la rentrée, leur fait visiter l'établissement.

Ils seront tous les trois dans la même école, celle-ci disposant d'une maternelle et d'une école primaire.

Pierre sera en petite section de maternelle, Constance en CE1 et Fleur, qui est en avance d'un an, en CM1. Les filles sont un peu anxieuses bien sûr, elles ont laissé à Genlis leurs copines et vont se retrouver ici en terre inconnue. L'aînée, qui est très mature pour son âge, rassure sa petite sœur du mieux qu'elle peut. Même si ces deux-là se chamaillent tout le temps, elles ne peuvent pas se passer l'une de l'autre.

L'école est très colorée et on s'y sent tout de suite à l'aise. Après avoir fait le tour et récupéré la liste des fournitures pour la rentrée, Anna demande des conseils à la directrice, pour les gardes d'enfants.

Avec la garderie que l'école assure le soir jusqu'à dix-huit heures (une étude est même prévue pour les devoirs), Anna ne devrait pas avoir trop de problèmes, à part pour les vacances scolaires. Le mercredi après-midi, l'école prête ses locaux à un centre de loisirs et de nombreux enfants, dont les parents travaillent, ne quittent pas l'école, passant de l'une vers l'autre sans problèmes.

De ce côté-là, tout se déroule sans accroc, et, quand bien même, au cas où, la directrice a une liste de nounous disponibles pour la rentrée. Un poids de moins pour Anna qui sort de l'école le cœur plus léger.

Après ces formalités accomplies, la journée étant bien avancée, Anna emmène les enfants prendre leur goûter au parc, et les laisse se défouler un peu.

Lorsqu'elle retourne chez Jean, elle n'a que de bonnes nouvelles à lui annoncer. Jean se réjouit avec sa sœur de la tournure des évènements.

Les enfants ont vécu beaucoup de choses aujourd'hui, ils sont trop perturbés et fatigués pour se disputer ce soir. Une douche rapide et les adultes les installent sur le matelas avec la tablette numérique qui diffusera un dessin animé après le repas du soir.

Il ne s'est pas écoulé dix minutes que les trois bambins dorment à poings fermés.

Anna et Jean se réfugient dans la chambre pour discuter de ce qu'il reste encore à faire, et ce qu'il reste encore à faire se résume en trois points.

Première étape, il faut trouver encore environ quinze heures de travail par semaine pour qu'Anna puisse avoir un temps plein. Jean a édité des affiches qu'elle pourra mettre dès le lendemain dans les commerces du coin pour sa recherche. À Paris, il y a beaucoup de familles qui recherchent des employées sérieuses pour le ménage ou la garde d'enfants. Cela ne devrait pas être trop difficile.

Ensuite, il faut trouver un pédiatre dans le quartier qui prenne en charge la petite famille. Plus compliqué que ça n'en a l'air. Même à Paris, les pédiatres sont débordés et souvent les listes d'attente sont longues pour les nouveaux arrivants. En attendant, Jean a contacté son généraliste qui a accepté de devenir le médecin réfèrent d'Anna et de ses enfants. Anna parle alors à Jean de ses petits problèmes de santé. Décision est prise de prendre rendez-vous dès le lendemain chez le Docteur Houard. Il ne faut pas laisser traîner ces choses-là trop longtemps, on ne sait jamais.

Troisième étape et pas des moindres : trouver un appartement. Impossible de demander un logement social. À Paris, les délais d'attente sont de deux ans et il est clair qu'ils ne tiendront pas éternellement à cinq chez Jean. Jean a un collègue de travail, propriétaire de quelques logements. Il a justement un locataire qui part dans un mois. Le logement est petit, quarante mètres carrés, mais il a mis une option dessus au cas où Anna ne trouverait rien d'autre. Son collègue acceptera de le lui louer avec des cautionnaires. Le loyer est de mille trois cents euros. Même avec son salaire et ses aides cumulés, Anna aura du mal à joindre les deux bouts c'est sûr. Mais elle n'a pas le choix, et tout ce qu'on lui propose est déjà très bien.

Les prochaines semaines promettent d'être bien remplies.

La fatigue devenant de plus en plus pesante, Anna se met au lit, des interrogations plein la tête.

A-t-elle vraiment eu raison de venir à Paris ?

N'aurait-elle pas mieux fait de suivre les conseils de ses parents et de rester à Genlis ?

Ils auraient tourné autour de sa vie comme des abeilles autour d'un pot de miel. Ils lui auraient donné des conseils sur l'éducation de ses enfants, sur la tenue de son appartement, sur sa vie amoureuse, peut-être.

Non ! Elle ne veut pas dépendre de l'aide d'autrui, ce qu'elle veut, c'est être indépendante, prendre sa vie en main, être maîtresse de ses choix et de son destin, élever ses enfants seule, mais à sa manière, avec ses codes et ses valeurs, sans interférences. Elle veut leur donner cette image d'une mère autodidacte et responsable, altière et entreprenante. Oui, surtout, elle veut leur donner le modèle d'une mère résiliente, pas d'une mère fragile et assistée. Les enfants ont besoin de figures fortes autour d'eux, pour se fortifier, et devenir eux-mêmes plus tard des adultes débrouillards et autonomes.

Mais tout de même, est-ce vraiment raisonnable dans sa situation et avec la charge de famille qu'elle a ? N'a-t-elle pas mis l'avenir de ses enfants en péril ?

Toutes ces questions tournent et retournent dans sa tête et c'est sans y répondre qu'elle finit par s'endormir.

Chapitre 3
Tous les chemins mènent à Rome

Béatrice

Huit heures moins le quart. Métro Nation. Il est encore assez tôt pour avoir une place assise dans le métro. Moins dix, c'est souvent déjà trop tard, c'est la cohue, la ligne 1 ressemble à un wagon à bestiaux. Les gens sont entassés, debout, les uns sur les autres, ils se raidissent comme des papiers faxés, s'agglutinent pour que d'autres puissent pénétrer dans la cage. Certains forcent le passage parfois, et les portes se trouvent bloquées par une manche de veste, un sac à main, un bras, ça arrive aussi. Chaque millimètre carré compte. Les sacs serrés précieusement contre soi, les poches précautionneusement vidées, la mine crispée, les voyageurs, suffoquant dans la chaleur du wagon, attendent leur arrêt avec une patience résignée. Le matin, chaque minute compte, c'est pourquoi Béatrice s'arrange pour arriver à huit heures moins le quart.

Pas sept heures trente. Sept heures trente, c'est trop tôt. Certes, le wagon est vide et l'on s'assied presque où l'on veut. La rame ne se remplit qu'à hauteur du Louvre, le trajet est plus serein quand on voyage tôt.

Mais c'est un principe. Personne n'arrive au bureau avant neuf heures. Personne.

En province, c'est une lettre de noblesse de travailler aux aurores. Les « early workers » sont des personnes courageuses, méritantes. Au bureau tous les jours à sept heures ? Respect !

À Paris, ces aventuriers du matin passent pour des audacieux. On les regarde avec condescendance. Il n'a donc pas de vie celui-là ?

Ces différences, on les justifie par l'éloignement géographique entre le lieu de domicile et le lieu de travail (même si, pour le provincial, elles sont un prétexte à la paresse, qui a raison, qui a tort ?), temps de trajet plus long, temps de travail plus court.

À moins d'être étudiant, célibataire sans enfant ou heureux héritier, on travaille « intramuros », mais on vit en région.

Arriver au bureau à huit heures trente, c'est comme parader avec une étiquette sur le front « j'ai quarante ans, j'habite Paris intra, je suis célibataire et sans enfants ». Parade sans spectateur puisqu'il n'y a personne. Étage fantôme. C'est tout juste si les agents de sécurité ne sont pas encore là. C'est humiliant.

Bref, on n'arrive pas à huit heures trente. On vient à neuf heures.

Pour arriver à neuf heures sans embûche, c'est-à-dire encore frais, sans dégouliner de sueur, il faut être prévoyant, c'est-à-dire arriver à l'heure exacte et juste, à la minute près.

Alors, le trajet se passe à peu près bien.

Saut en cas de problème sur la ligne, et des problèmes il y en a. Les pannes, les accidents électriques et les suicides sont fréquents, tant sur la ligne RER que sur la ligne de métro. De fait, arriver en retard est excusable, inutile de partir plus tôt, aucune excuse pour arriver en avance ! « Suicide sur la voie, désolée ».

Ce lundi matin est un lundi qui commence bien. Béatrice entre dans le wagon et trouve tout de suite un siège libre, qui plus est au fond, près de la vitre, dans un carré. C'est une place stratégique qui lui évitera d'une part de se lever toutes les cinq minutes pour laisser passer quelqu'un, d'autre part de se retrouver collée sous les aisselles des malheureux qui passent leur trajet debout guignant les places occupées, prêts à bondir comme des chiens haletants à la moindre opportunité de s'asseoir et c'est à celui qui arrivera le premier.

Parfois, il lui arrive de ne pas trouver de place, alors elle aussi se livre au jeu des chaises musicales. Quarante minutes debout, ça peut paraître long.

Aujourd'hui, elle n'a pas de valise, pas de déplacement, elle ne partira que demain. Une journée bureau, donc. Une journée où elle va pouvoir se poser un peu pour saisir ses notes de frais qui s'entassent, et planifier sa tournée commerciale.

Elle boit un peu d'eau et sort un livre. *La Chute*, d'Albert Camus. Elle aime beaucoup cet auteur. Pourtant, celui-ci, elle ne l'a pas encore lu.

Un jour en prenant le RER A, elle a vu une fille qui lisait ce livre, et elle a ressenti une pointe de jalousie car elle, ne l'avait pas lu. C'est fou quand même de toujours vouloir avoir ce qu'ont les autres, faire ce que font les autres. Du jour où elle a vu cette fille lisant ce livre, elle s'est martelé qu'il lui était indispensable, trouvant toutes les raisons de l'acheter « je ne l'ai pas encore lu alors que j'ai lu tous les autres Camus », ou « quand même, c'est un prix Nobel », ou « tiens le titre a l'air intéressant » mais la véritable raison c'est que « cette jolie jeune fille a le seul Camus que je n'ai pas ».

À peine rentrée, elle en avait parlé à Sébastien qui, bien sûr, non seulement connaissait le livre, mais s'en souvenait même très bien.

Une semaine plus tard, il le lui avait acheté et offert au matin avec une dédicace : « En espérant que tu ne te relèves jamais. Je t'aime, S. », avec les croissants tout juste sortis de la boulangerie à l'heure du petit-déjeuner. C'était il y a deux jours, samedi dernier.

« C'est un petit livre, il se lira vite » elle avait pensé. Étiqueté livre de métro, de quoi l'occuper sur au moins trois allers-retours Paris-La Défense.

Le récit du narrateur, Jean-Baptiste Clamence, est court, sans dialogue, mais intriguant, tellement qu'elle en oublie presque de descendre au terminus. « Ah, zut ! Ces trajets sont vraiment trop courts ! ». Elle aurait bien voulu que son trajet en métro dure plus longtemps.

Quel génie ce Camus !

Qui a dit que les trajets d'une heure sont fatigants ? Quand on voyage sur la même ligne et qu'on s'occupe avec intérêt, c'est même exaltant, un moment de calme rien qu'à soi, une parenthèse de fiction dans une vie de folie bien réelle !

La réalité la rattrape. Après le rituel de la salle de bains, le rituel de l'arrivée au bureau.

Béatrice sort du côté de la Grande Arche et marche quelques minutes le long du Cnit pour rejoindre la tour où elle travaille.

Après avoir badgé au portique de sécurité, elle se dirige vers l'ascenseur « pair », devant lequel une dizaine de personnes est déjà attroupée.

Là, elle prononce un « bonjour » poli et reçoit au moins six échos.

Les bureaux d'HERIGIE se situent au dix-huitième étage, ce qui veut dire que l'ascenseur s'arrête huit fois avant de la déposer.

Les conventions implicites veulent qu'à chaque arrêt, les personnes qui sortent disent « au revoir. Bonne journée » et que celles qui restent répondent la même chose.

C'est barbant, moutonnier, mais c'est comme ça, c'est une question de politesse. Le problème, dans la capitale, ce sont les gens. Il y en a trop, partout, tout le temps. Des gens pressés, qui avancent sans regarder autour d'eux, comme des ombres filantes, qui se jettent dans les rames, qui courent dans les escalators, qui parlent au téléphone à voix haute comme s'ils étaient seuls dans ce monde noir de monde.

Béatrice passe les épreuves des bises et des « comment ça va ? », raconte son week-end trois ou quatre fois, puis écoute celui des autres, sans intérêt réel, mais, encore une fois, par convention.

— Ah, oui, ta fille est venue te voir ? Oh, et vous êtes allées faire un shopping ? Des nouvelles chaussures, celles que tu portes aujourd'hui, ah oui elles sont très belles, vraiment, où les as-tu achetées ?

Ces échanges polis teintés de simagrées ont leur charme, on les aime bien, au fond. Surtout, ils permettent de parler de soi.

Justement, voilà Bertrand qui arrive, tout pimpant dans son costume noir tout neuf avec sa petite valise Hermès.

Leur relation collègue-ennemi n'échappe pas aux conventions :

— Salut Béatrice, alors ton week-end ?

Béatrice sait pertinemment que Bertrand s'en fiche royalement. C'est, encore une fois, par pure convention, qu'elle lui répond :

— J'ai passé un excellent week-end. Entre expositions, balades, restaurants. Le temps s'y prêtait parfaitement. Et toi ?

— Oh, nous avons justement profité du beau temps pour aller à la mer. J'ai emmené toute ma petite famille à Saint-Malo. Nous avons visité la maison du corsaire, et nous avons mangé dans la fameuse petite crêperie du corps de garde.

Évidemment, il ne peut s'empêcher d'ajouter :

— Il faisait bien trop beau pour rester enfermé à Paris.

Il n'est pas encore dix heures que Béatrice a déjà envie de l'étrangler. Cet homme empeste le cynisme et transpire la méchanceté. Ses mots ne peuvent être que des pics.

Il est comme un chasseur armé d'un fusil, prêt à tirer sur tout ce qui bouge à la moindre occasion, insatiable de mauvaiseté. Grrr. Vermine, va !

Les formules de politesse sont interrompues par l'arrivée fracassante d'Aymeric, une tornade qui fait trembler tout le personnel de l'open space.

— Tout le monde en réunion. Salle A6. Tout de suite !

Adeline, son adjointe, lui lance un regard inquiet :

— Il n'a pas l'air de bonne humeur, ce matin.

Déjà, il est tôt. Habituellement, il n'arrive au bureau qu'à onze heures. Il paraît, entre autres rumeurs, qu'il prend des cours de remise en forme, mais la fiabilité des sources (les filles du service secrétariat-comptabilité) reste questionnable, à éprouver.

Béatrice s'installe à son poste, juste en face de celui de Bertrand. S'il a sa valise, c'est qu'il part en déplacement, donc elle ne le verra peut-être pas cet après-midi, sauf s'il ne part que ce soir, mais elle prie en son for intérieur avec véhémence pour qu'il s'en aille après la réunion.

« Mon Dieu, faites qu'il se casse ! ».

La joyeuse équipe commerciale du service Grands Comptes débarque dans la salle de réunion : Béatrice et Bertrand, accompagnés d'Adeline, leur adjointe partagée, mais également les six commerciaux du service de la clientèle des professionnels et leurs deux adjointes.

Ils prennent place dans la grande salle blanche d'une sobriété quasi hospitalière et s'installent autour de la grande table ovale.

Silence de plomb. C'est rare que le boss réunisse les deux services.

Bertrand ne peut retenir une petite glose narquoise :

— On mélange les torchons et les serviettes.

« Quand même, il pourrait s'abstenir de tels propos, même pas discret en plus. Et on s'étonne qu'on nous regarde de travers, après ça ! »

Près de l'écran digital, trois jeunes femmes aux visages inconnus se tiennent debout, l'ordinateur branché à l'écran, prêtes à dérouler des slides. Elles ont l'air toutes contentes d'être là. Ce sont bien les seules. Les participants à la réunion surprise sont tous des volontaires désignés, résignés et circonspects.

Aymeric ferme la porte, prend une profonde inspiration et annonce avec gravité :

— Bonjour à tous. Je me suis permis de modifier l'ordre de jour de cette réunion. Nous venons de signer un contrat avec un nouveau fournisseur, qui propose du mobilier de bureau design avec des équipements digitaux intégrés. L'avenir, c'est le digital, et notre société veut être avant-gardiste en la matière ! Ce concept est totalement innovant ! Il casse les codes. Ces jeunes femmes sont ici pour vous présenter les produits. Pour nous, c'est du « high level », des produits à forte valeur ajoutée, sur lesquels nous avons la possibilité de marger à fond. L'année se termine, et l'année qui arrive sera celle du meuble intelligent ! Soyez attentifs, c'est là-dessus qu'on vous attend, faites-en votre priorité.

Des produits innovants, un nouveau « challenge », ça, ça plaît à Béatrice.

Elle écoute la présentation avec une grande attention, toutefois perturbée par ses pensées qui s'invitent, gênantes et parasites. Elle comprend au regard furtif de Bernard qu'il est dans le même état d'esprit qu'elle.

Ce défi ravive l'esprit de compétition qui a mûri entre les deux collègues depuis l'annonce du départ de leur chef.

L'un face à l'autre autour de la grande table, ils sont comme deux cow-boys s'affrontant en duel, main sur le pistolet. À la fin, l'un va tomber, l'autre va rester.

Ce nouveau produit, c'est leur cheval de Troie vers le poste de directeur du marché.

Il n'y a plus de temps à perdre. Béatrice doit contacter ses clients, remplir son agenda de rendez-vous pour leur placer du mobilier design, au meilleur prix possible pour elle, c'est-à-dire au prix le plus cher pour eux, en vantant les qualités du produit et le side business propres à l'organisation (transport, aménagements, service après-vente, facturation.

En fin de présentation, Aymeric les retient pour leur confier ses attentes de manière plus intuitu personae :

— Bien sûr, je compte sur vous deux pour inonder le marché ! Nous avons l'exclusivité sur le catalogue. Le fournisseur a remis son destin entre nos mains. Pour nous cela veut dire exclusivité, et nous avons une pépite à faire prospérer. On compte sur moi, et moi je compte sur vous ! Ne me plantez pas les gars.

« Les gars ». Béatrice se sent flattée d'être mise dans ce sac. Pas de différence entre homme et femme, elle est le « gars » sur lequel on peut compter, rien que pour ça, elle ne va pas le décevoir !

Travailler main dans la main ? Établir leur plan de prospection ensemble ? Jamais de la vie ! Aucun des deux commerciaux n'en a envie. Chacun veut montrer à l'autre qu'il est meilleur, chacun veut asseoir sa primauté pour se garantir la légitime accession au poste.

Pourtant, l'une se sent, du fait même de sa féminité, naturellement moins légitime que l'autre. Béatrice a cette impression, biaisée ou pas, qu'elle va devoir redoubler d'efforts pour y arriver. À résultat égal, elle craint que son collègue-concurrent n'ait la préférence de leur hiérarchie du fait même de sa masculinité. Il faudra donc être meilleure que lui.

Bertrand ne va pas manquer, avant de partir, l'opportunité de lui asséner un dernier scud :

— Ne nous fais pas un bébé cette année !

« Conn… »

Béatrice bout, elle se retient. Elle a envie de l'insulter, mais ce ne serait pas lui rendre service, pas en ce moment.

Elle se met à souhaiter qu'il lui arrive malheur. C'est terrible, cette pensée, ce souhait du pire pour l'autre. Elle devrait prier pour que tout se passe bien pour elle, pour avoir des victoires rapides et rétributrices, mais là, c'est plus fort qu'elle. Elle prie pour qu'il se ramasse lamentablement.

C'est un peu triste quand même, que les entreprises entretiennent un esprit de compétition entre leurs salariés, au détriment des échanges d'adresses ou de bonnes pratiques qui pourraient être profitables à tous. C'est le système qui veut ça, et cela ne marche pas que dans le monde capitaliste. Les femmes cherchent à prouver leur valeur aux hommes, dans une famille, les cadets veulent montrer leur indépendance à leurs aînés, les intellectuels se battent à coups de citations pour défendre des courants contraires. Nous vivons dans un monde de rivalités, dans lequel la compétition est un moteur, et ce moteur peut être sain, lorsqu'il permet d'avancer.

Après tout, qui dit que l'entreprise serait aussi performante si tout le monde travaillait main dans la main ? Est-ce qu'on ne se dirait pas que l'un peut en faire moins si l'autre peut en faire plus ? Béatrice ne sait pas si c'est cet esprit de compétition qui la stimule, mais elle a besoin de prouver ses capacités, de démontrer sa force.

Cette loi du plus fort a quelque chose d'animal, d'impitoyable. Chez les lions, celui qui prend la tête du clan après un duel assassin se débarrasse des petits lionceaux, potentiels assaillants.

Béatrice est comme un lion, pas une lionne, un lion. Ses pensées envers son collègue sont malsaines, meurtrières. Bien sûr, elle ne le tuerait pas d'elle-même mais s'il pouvait juste avoir un petit accident…

— Ça va ? Tu sembles perdue dans tes pensées ? demande Adeline. Tu déjeunes ici ?

Adeline est une femme de quarante-trois ans, mère de deux enfants. Brune, teint jaune, cernes marqués, le visage tailladé de rides qui forment des sillons creux, elle est déjà bien datée pour son âge, on lui donne facilement dix ans de plus.

Béatrice ne sait pas si c'est lié, mais son adjointe fume beaucoup, près de vingt cigarettes par jour. Elle aussi fume un peu, pas autant, mais quand elle la voit elle se dit qu'elle ferait bien mieux d'arrêter.

Bien qu'elle ne semble attacher aucune importante à son apparence physique, cette petite femme ténue, au look négligé, dégage pourtant quelque chose de fort, de puissant, et ce quelque chose de fort lui donne un certain charme.

Ses rides, elle les doit certainement à ses contrariétés, beaucoup de choses reposent sur ses maigres épaules.

Elle se confie assez facilement à Béatrice qui la considère, de fait, presque comme une amie. Son mari, plombier-chauffagiste à son compte, est un excellent ouvrier mais un bien piètre gérant, c'est elle qui gère ses rendez-vous, ses frais kilométriques, sa comptabilité, en plus de s'occuper de la maison, des enfants, bref de tout quoi.

À l'approche des vacances d'été, le couple n'a pas pu mettre un kopeck de côté, il faut continuer à travailler.

Ensemble, elles descendent à la cantine de la tour. C'est un restaurant commun aux entreprises de l'immeuble. HERIGIE subventionne une partie de leur repas, ce qui leur permet de déjeuner à moindres frais.

C'est certes moins alléchant qu'un bon repas fait maison, mais le rapport qualité/prix reste correct, le choix est large, avec une dizaine de plats pour tous les goûts et toutes les modes, un bar à salade, un bar à dessert.

Après longue réflexion, comptage des calories et comparaison des apports en protéines et glucides des différents plats, Béatrice se compose une grande salade de légumes variés, avec des émincés de poulet, qu'elle agrémente d'olives, d'oignons frits, et d'une sauce huile d'olive-citron. C'est bon, sain, et consistant.

Sans tergiverser, Adeline prend une pizza quatre fromages. C'est bon et consistant.

Malgré leurs vies et leurs styles différents, les deux jeunes femmes s'entendent très bien. En dehors du bureau, c'est-à-dire à la machine à café, ou à la cantine, elles ne parlent jamais boulot.

Adeline raconte ses déboires, entre un mari dont l'activité stagne, une maisonnée qu'elle tient quasiment seule, des enfants de six et huit ans, qu'il faut trimbaler de gauche à droite pour les compétitions sportives, les difficultés financières qui s'amoncellent.

— Tu comprends Béatrice, je suis fatiguée, mais tellement fatiguée, physiquement et moralement ! Le paradoxe, c'est que je n'arrive même pas à dormir malgré mon épuisement. Je suis éreintée, et je ne trouve pas le sommeil.

Béatrice ne peut pas partager son expérience sur une situation qu'elle ne connaît pas, elle ne peut qu'écouter, ce qui ne l'empêche pas de s'interroger. Le jugement est un penchant vil, mais naturel, chez l'homme entendu dans son acception générale.

— Tu sembles rongée par tes angoisses.

— Oui, c'est ça. J'ai hâte d'en finir avec cette compta ! Je rentre du travail, et, après avoir couché les enfants, je travaille encore jusqu'à minuit. Éric, lui, ne fait rien.

— Je t'admire, tu sais, mais, pourquoi tu ne lui demandes pas de t'aider ?

— Il est dépité. Il voit que sa boîte ne marche pas. Il baisse les bras, tu sais. J'essaie de ne pas trop le charger.

— Mais, du coup, tu encaisses tout, tu prends tout sur tes épaules.

— Oui, mais je suis plus forte que lui.

La jeune mère part un moment dans ses pensées, la tête penchée sur son assiette puis, d'un coup, se redresse, comme sous le coup d'une illumination. Son visage s'anime, elle sourit :

— Tu sais, Béatrice, je l'aime, mon mari. Nous sommes ensemble depuis dix ans, et, quand je le retrouve le soir, je le trouve toujours aussi beau. Je me dis : « mais qu'est-ce qu'il est beau ! ». Alors, même si nous ne partons pas en vacances, nous avons au moins ce bonheur d'être encore ensemble après autant d'années.

Béatrice ne sait pas quoi penser. Elle a l'esprit tiraillé entre deux images. D'un côté, elle revoit en pensées, ce tableau sombre de Van Gogh qu'elle avait vu au musée éponyme lors d'un séjour à Amsterdam, *Les Mangeurs de pommes de terre*. D'un autre côté, cette volte-face soudaine lui rappelle la pureté de l'amour éprouvé par une Graziella[3] dévouée corps et âme à son amoureux, fidèle jusqu'à la mort.

La curiosité d'Adeline la tire brutalement de ses méditations romanesques :

— Avec Sébastien, vous ne voulez pas d'enfants ?

Voilà qu'elle s'y met aussi ! Toujours le même refrain, la même redite, on ne peut pas juste lui foutre la paix avec ça ?

Elle aurait préféré qu'elle lui demande la destination de ses prochaines vacances.

Anna

Elle rêve et ses rêves sont sans cesse les mêmes. Elle revoit Nicolas, qui l'embrasse, qui joue avec ses enfants, qui lui offre des fleurs. Elle rit de ses bêtises et de son incapacité à faire ne serait-ce qu'une lessive.

Nicolas n'avait jamais été un homme de maison et c'est pour cela qu'elle ne travaillait pas.

Il préférait qu'Anna reste à la maison. Il gagnait assez et n'avait pas besoin qu'elle travaille. Et elle, elle aimait ça.

Il la comblait de bonheur, de petites attentions, une fleur cueillie le long de son chemin lorsqu'il rentrait du travail, le petit-déjeuner au lit le dimanche matin apporté sur un plateau. De ces petits gestes qui font dire qu'on a trouvé la bonne personne et qu'on vivra toute la vie avec.

Même si quelquefois cette vie lui semblait un peu monotone et répétitive, Anna était contente et épanouie de s'occuper de sa progéniture et de son foyer.

---

[3] Lamartine, Graziella (roman) ou Le Premier Regret (poème).

Il était tendre, rieur et avait ce côté enfant et immature qui la faisait fondre de bonheur et de tendresse.

C'est un « maman j'ai envie pipi » à deux heures du matin qui la tire de ce souvenir merveilleux. Après avoir conduit Pierre aux toilettes et l'avoir recouché, les larmes viennent facilement, comme souvent. Elle pleure en cachette, jamais devant ses enfants qu'elle essaie de protéger un maximum.

Les enfants voient ses moments de mélancolie, de tristesse et savent que dans ces périodes, il faut venir vers maman et lui faire un gros câlin. C'est la seule chose qui la déride.

Le reste de la nuit, elle dort par à-coups et chaque semi-réveil est douloureux et voit revenir les larmes.

Le chauffeur du camion a tout fichu par terre. Maintenant, elle doit attendre le procès du chauffard. Il avait un peu bu, pas excessivement, mais suffisamment pour que son attention soit amoindrie. Il n'a pas vu la moto et lui a refusé la priorité. Il paraît qu'il est effondré, qu'il ne peut plus conduire. Pour l'instant, le pardon est impossible pour Anna. C'est trop frais, bien trop douloureux.

Pourra-t-elle pardonner un jour?

Au petit matin, il faut à nouveau prendre sur soi et sourire aux enfants.

La deuxième journée à Paris, va être une course folle.

Déjà les enfants en ont assez d'être les uns sur les autres dans ce petit appartement.

Jean se lève en entendant pleurnicher. Heureusement, il repart au travail le lendemain. Il n'a jamais eu autant envie d'aller bosser. C'est ça les enfants ? Tu as envie de te casser de chez toi tellement tu aspires au calme ?

Jean n'est plus aussi pressé de fonder une famille tout à coup. Il va plus y réfléchir.

Anna voit arriver Rose avec soulagement. Elles ont prévu de sortir toute la journée et de manger dehors. Et Rose n'est pas venue les mains vides. Prévoyante, elle a emprunté une poussette à sa voisine. Petit Pierre ne marchera pas toute la journée comme ça. Il pourra même dormir dans la poussette. Décidément, Anna l'apprécie de plus en plus cette Rose !

Délurée, exubérante, que l'on voit de loin, mais tellement gentille.

La première étape du jour, c'est visiter le quartier et en profiter pour mettre des annonces de recherches d'emploi pour Anna.

Jean voit la petite famille sortir avec soulagement.

Il va de son côté, téléphoner à toutes les agences de location pour voir ce qu'il peut trouver comme logement pour Anna. Il va falloir faire vite s'il veut rester en bons termes avec sa sœur et ne pas se mettre à détester ses neveux et nièces.

Quand il a proposé à Anna d'habiter chez lui, il n'a vraiment pas pensé aux conséquences du tout. La cohabitation est impossible avec les enfants. Il leur faut leur espace à eux, leurs chambres.

S'il ne veut pas se brouiller avec sa sœur adorée, il va falloir accélérer les choses.

Revenons à Anna et laissons Jean se débrouiller avec les agences de location.

Le douzième arrondissement où habite Jean est très sympa. Bon comme tous les quartiers il y a des rues plus ou moins recommandables, mais dans l'ensemble, c'est un quartier ou une famille et des enfants peuvent s'épanouir.

Anna s'y sent déjà très à l'aise.

Après la énième petite annonce déposée, ils se dirigent vers un MacDo quand soudain : « Ou il est doudou Pika ? ».

Là, il faut comprendre que c'est Petit Pierre dans la poussette qui veut sa peluche Pokémon. Elle n'a de peluche que le nom.

Cela fait plus de deux ans que Petit Pierre lui en fait voir de toutes les couleurs et ne vit qu'avec son doudou.

C'est maintenant une masse couleur jaune pisse (si l'on peut s'exprimer ainsi).

Anna après avoir cherché dans la poussette et autour d'eux a sévèrement pâli, surtout qu'un strident « doudou, je veux doudou » sort de la poussette.

Où a-t-il été perdu ? Constance avait perdu son mouchoir doudou à quatre ans, elle a mis trois semaines à retrouver un sommeil normal. Alors non, pitié pas en ce moment.

Rose se propose pour refaire tout le trajet dans l'espoir de retrouver le doudou. En attendant, Anna essaie de faire taire Petit Pierre. Quel parent n'a pas vécu cela un jour ? Le doudou perdu. L'espoir d'en retrouver un autre semblable, parfois en vain. Le mieux est d'en acheter deux et de les alterner auprès de l'enfant pour qu'il ne se rende compte de rien. Parce que ces petits êtres ne veulent pas d'un doudou neuf, non ils ne veulent que le truc difforme, sans couleur et qui ne ressemble à rien. Avec l'odeur qui va avec. Et si vous croyez que vous pouvez le laver, là vous rêvez il faut ruser pour ça.

Les pleurs de Petit Pierre redoublent et chaque personne qui passe regarde Anna avec l'intention dans son regard de la traîner devant les tribunaux, comme si elle était une mauvaise mère. Vous avez envie de leur crier à tous ceux qui croient que c'est facile de faire des enfants sages : « prenez ma place et fermez vos g… ».

Là, c'est vrai qu'au bout de quelques minutes de hurlement, vous ne vous voulez plus qu'une chose c'est vous barrer en courant et laisser tout ce petit monde en plan. Mais on ne peut pas, quand on est mère on ne peut pas !

« Maman, c'est Rose, regarde là-bas » crie Fleur.

Oui, c'est bien Rose qui arrive en sueur et essoufflée et, elle tient quoi ? Miracle ! Le doudou retrouvé.

Rose explique qu'elle l'a trouvé quasiment à leur point de départ, posé sur un mur, à l'abri des dents d'un éventuel animal.

Sans doute une âme bienveillante qui sait ce qu'est le drame d'un doudou perdu. Eh oui il existe encore des âmes bienveillantes. Il faut juste tomber dessus.

Les hurlements se sont arrêtés d'un coup dès l'apparition du doudou. Tellement épuisé d'avoir hurlé, Petit Pierre s'endort d'un coup, le pouce dans la bouche.

Anna regarde Rose et finalement elle se met à l'adorer cette petite bonne femme pleine de ressources. Allez on va trouver un MacDo. Ben oui le resto pour les enfants c'est « pas bon », c'est trop long, seul le MacDo trouve grâce à leurs yeux. Et en plus, il y a des jeux où l'on peut s'éclater. Que demander de plus ?

La matinée est déjà passée, les enfants ont mangé et se reposent dans l'herbe d'un petit parc.

Il n'y a pas que les enfants qui se reposent d'ailleurs. Rose dort à poings fermés. Anna regarde toute sa tribu, même Rose, qui pour elle fait maintenant partie de sa famille, avec attendrissement et bonheur.

L'après-midi, c'est jardin zoologique. Les enfants sont aux anges et en prennent plein les yeux. Ils adorent les animaux.

Quand ils retournent à l'appartement, il est près de dix-huit heures.

Ils retrouvent un Jean dépité et désabusé.

Il n'a pas arrêté d'appeler toutes les agences de location, et les réponses étaient toujours les mêmes. Pas assez de salaire pour servir de garantie. Même avec des garants plus que solvables, personne n'accepte d'inscrire Anna.

Pas le choix, elle va devoir prendre le petit logement de l'ami de Jean en attendant de recevoir les indemnités dues à l'accident de Nicolas. Et ça risque de durer un petit moment. Les tribunaux c'est extrêmement long.

Jean a téléphoné à son collègue qui va programmer une visite avec la locataire actuelle qui part dans trois semaines. Petit logement, mais à cinq dans son appartement, ils vont vite se prendre la tête. Au moins là, ils ont une date.

Reste à annoncer cette mauvaise nouvelle à Anna.

Étonnamment, Anna le prend plutôt bien. Elle a envie d'être chez elle, même si c'est tout petit, elle s'arrangera. Elle voit bien que c'est compliqué avec les enfants pour Jean.

D'ailleurs, Jean les emmène dans une semaine chez les grands-parents où ils resteront quinze jours.

Cela permettra à Anna de trouver ses marques dans cette nouvelle ville.

Les annonces en tout cas ont fonctionné, Anna a en effet eu trois appels depuis qu'elle les a posées.

Rose gardera les enfants pendant qu'elle ira rencontrer ses éventuels futurs employeurs.

Les enfants, qui sont d'ailleurs tellement fatigués qu'ils ne font que crier. Du coup, Jean craque et laisse les filles jouer sur sa sacro-sainte console.

Ouf, le calme est revenu, elles ont chacune une manette. Petit Pierre s'est endormi sur le lit de Jean en les regardant jouer. Lui ne joue pas avec beaucoup de jouets, à part son doudou. Quelques voitures, une ou deux figurines et on est tranquille pour des heures. Il ne coûte pas cher en jouets cet enfant-là.

Pour l'instant, Anna est plus embarrassée par ses petits soucis de santé et de fatigue. Elle prend rendez-vous auprès du docteur de Jean dès le lendemain. Ce n'est pas le moment de tomber malade.

Les trois petits ont fini par s'endormir sur le lit de Jean, qui finalement pour éviter de les réveiller les laisse dans son lit. Il prendra le matelas. Cela permet aux deux adultes de finir la soirée sur le canapé à discuter tranquillement.

La nuit s'est tellement bien passée que les petits ne se sont même pas levés pour aller aux toilettes. À neuf heures, ils dorment encore quand Rose arrive pour les garder. En toute confiance, Anna va rencontrer à la suite les trois couples qui l'ont contactée la veille.

Le premier couple, ce sont deux bourgeois complètement coincés qui la jugent de haut et qui dès le début paraissent extrêmement exigeants. Non, Anna n'est pas prête à nettoyer le dessus de la cheminée à la brosse à dents. Elle leur oppose immédiatement une fin de non-recevoir.

Pendant son rendez-vous d'ailleurs, un message est arrivé sur son téléphone. Une femme seule cherche quelqu'un pour s'occuper de sa maman âgée atteinte d'Alzheimer plusieurs fois par semaine. Cette dame télétravaille et a besoin d'être déchargée un peu.

Anna l'appelle. Elles conviennent de se voir en début d'après-midi. La pauvre Rose va décidément être encore de service. Bon au pire Jean gardera les petits le temps du rendez-vous.

Le second est un charmant couple trentenaire qui veut juste quatre heures de ménage et repassage par semaine. À Anna de s'organiser pour le jour. Cela lui convient tout à fait. Elle accepte sans hésitation et commencera aussi la semaine suivante. En toute confiance, le couple lui confie les clés de l'appartement, non sans avoir, bien sûr, pris la copie de sa pièce d'identité.

La troisième rencontre, Anna n'est pas près de l'oublier. Avant même de rentrer dans le logement, elle est assaillie par une forte odeur d'urine. Le couple qui l'occupe est repoussant de saleté.

L'appartement est dans un tel état de crasse, qu'une équipe de nettoyage au complet ne suffirait pas juste pour dégager les sacs poubelles éventrés qui gisent à droite et à gauche, les piles de journaux, de prospectus qui s'entassent partout.

Non Anna ne va pas prendre ce travail. Quand elle en sort, elle a l'impression que ça la pique partout et se gratte au sang. Comment des gens peuvent-ils vivre à notre époque comme cela ? C'est incompréhensible !

À son retour chez Jean, quand elle raconte cela à Rose et Jean, ils rient bien tous les deux.

Malheureusement, Rose qui a prévu autre chose ne pourra pas garder les enfants en début d'après-midi. Jean se propose de les emmener à la piscine. Évidemment hurlements de joie des bambins ! Est-ce qu'il réalise ce que c'est que trois gamins à surveiller en même temps dans une piscine ?

Pas du tout. Il est confiant et Anna les rejoindra après son rendez-vous. Bon, elle donne son accord. Ils ne seront qu'une trentaine de minutes seuls avec leur oncle après tout.

Elle prépare les maillots et demande à Jean d'acheter des brassards à la piscine pour Petit Pierre qui ne sait pas nager. Les filles ont pris des cours et traversent sans problèmes le grand bassin. Un souci de moins.

Après le déjeuner, Anna part rencontrer madame Merceuil et sa maman. Jean laisse les enfants digérer un peu avant d'y aller.

Madame Merceuil est une charmante quinquagénaire qui habite, miracle à Paris, un petit pavillon près du bois de Vincennes. La maison est bien tenue et se compose de quatre chambres et d'un grand jardin. Cette dame travaille dans la finance et ne manque visiblement pas d'argent. Elle explique à Anna qu'elle a beaucoup de revenus provenant de location d'immeubles à Paris.

Cela a fait tilt dans l'esprit d'Anna. Elle explique à Laure (elle veut qu'elle l'appelle par son prénom), sa situation actuelle. Sa difficulté à trouver un appartement à Paris.

Laure la conduit alors au fond de l'immense parc. Là, se trouve une charmante maisonnette de deux chambres entièrement refaite à neuf. Elle comptait louer cette dépendance dès le mois suivant. Il reste juste quelques papiers peints à finir. Si Anna est d'accord, elle lui louera mille euros par mois.

Est-ce un rêve ou un piège ? Mille euros pour une maison de deux chambres à Paris dans ce cadre idyllique ?

Laure la laisse réfléchir, comprenant sa méfiance. Anna a peur. Peur d'être corvéable à merci en reconnaissance et peur aussi de se retrouver assise sur un siège éjectable si finalement elle ne convenait pas.

Après quelques minutes, Laure la rassure. Un contrat de location sera édité et même si Anna ne garde pas ses fonctions auprès de la vieille dame, le bail sera établi pour trois ans comme pour n'importe quelle location. Elle préfère louer à quelqu'un qui lui inspire confiance. Qu'elle prenne ou non le poste auprès de sa maman, la maison lui revient.

Anna n'en revient pas. C'est un rêve, Jean va être content et les enfants reviendront de vacances pour emménager dans un endroit vraiment à eux. Elle s'y sent déjà chez elle et après avoir pris quelques photos de l'intérieur de la maisonnette pour les montrer à Jean, à Rose et aux enfants, elle retourne auprès de sa propriétaire-patronne dans la grande maison.

A présent, il faut présenter Anna à Geneviève. La vieille dame est assise dans sa chambre, dos à la fenêtre, l'air empli de mélancolie. Elle n'écoute même pas ce que lui dit sa fille et ne s'intéresse pas du tout à Anna. Ses yeux sont rivés sur une photo de bébé posée sur sa table de nuit.

« Elle est comme ça tout le temps », lui dit Laure.

Anna pense d'emblée que ce qu'il lui faut, ce sont des rires d'enfants, des sorties, voir du monde.

Elle se dit que demain, elle viendra montrer la petite maison aux enfants qu'elle présentera à Geneviève. Elle verra bien ce qui se passera.

Rendez-vous est pris le lendemain à l'heure du goûter.

Anna quitte Laure la tête pleine d'étoiles et se rend à la piscine. Elle avait presque oublié Jean, qui est sans doute en train de galérer avec les trois schtroumpfs.

Après s'être mise en tenue, Anna se dirige vers le petit bassin mais aucune trace de Jean, ni des enfants.

Il ne les a quand même pas emmenés, surtout Petit Pierre, dans le grand bassin ?

Eh bien si ! Elle arrive juste au moment où Jean, le gamin dans ses bras, glisse le long d'un immense toboggan installé dans le grand bain. Petit Pierre est équipé de deux brassards et d'un gilet de sauvetage, ça va, Jean n'a rien laissé au hasard.

Et le petit monstre rit aux éclats. « Encore Tonton ! ». Les filles, elles, se débrouillent toutes seules et enchaînent glissade sur glissade. Jean est quand même content de passer le relais à Anna. Il va pouvoir faire quelques longueurs tranquille.

Ce sont des enfants complètement épuisés que les deux adultes ramènent à l'appartement. Anna n'a pas encore eu le temps d'annoncer la bonne nouvelle à Jean, qu'elle doit déjà repartir pour son rendez-vous chez le médecin. Pas de soucis pour les enfants, ils comattent devant la télé. Ils ne bougeront pas jusqu'à ce qu'elle revienne et Jean est là de toute façon.

Le médecin est très à l'écoute, il se renseigne immédiatement sur les derniers rapports d'Anna.

Elle n'avait pas pensé à cela, serait-ce possible, serait-elle enceinte ? Le docteur lui fait faire une prise de sang, elle aura les résultats dès le lendemain dans la matinée. Il la rassure. Il n'est pas rare qu'un choc comme celui qu'elle a subi soit à l'origine de l'arrêt des cycles menstruels, ce n'est pas forcément un signe de grossesse.

C'est pourtant très anxieuse qu'Anna quitte le cabinet pour retourner chez Jean. Pour l'instant, elle ne dit rien. Juste que le médecin lui a prescrit une prise de sang qu'elle a faite dans la foulée au laboratoire d'à côté.

Elle peut enfin annoncer la bonne nouvelle concernant la maison aux enfants et à Jean. Ils se jettent tous sur les photos et les filles font déjà des projets pour aménager leur future chambre.

Jean, à son tour, n'en revient pas.

C'est plus que confiante que la petite famille s'endort cette nuit-là. Chacun partant dans son propre univers :

Jean va retrouver son appartement : Alléluia

Anna va avoir son petit chez-soi, son univers à elle.

Les enfants sont dans leur bulle avec leurs rêves de tendresse et d'amour.

Tout va bien, si ce n'est…

Le lendemain en fin de matinée :

Les résultats de la prise de sang viennent d'arriver par mail.

Anna est enceinte ! On ne pouvait lui annoncer une plus mauvaise nouvelle.

Apparemment, il a été conçu la veille de la mort de Nicolas. Quelle histoire, c'est à peine croyable !

Avorter ? Anna n'y pense même pas. C'est l'enfant de Nicolas, de l'amour de sa vie.

Un nouvel emploi, un nouvel appartement, une lueur d'espoir soudainement balayée par un test de grossesse.

Va-t-elle perdre son emploi, et son logement, par la même occasion ? Que deviendra-t-elle, avec quatre enfants sur les bras ?

Impossible d'imposer cette nouvelle charge à Jean. Il a été si adorable, mais elle a bien vu qu'avec trois bambins, c'était déjà suffisamment compliqué pour lui. Alors un bébé, par-dessus le marché ! Un bébé, qui crie et qui hurle le jour comme la nuit.

Un bébé qui gazouille aussi, un bébé qui sourit. Un bébé. Une mort pour une vie. Et si c'était écrit ?

Un miracle. Ce bébé est un miracle. Un miracle angoissant. Un miracle qui va lui créer de sacrés ennuis !

Chapitre 4
Un aller sans retour

Béatrice

Encore deux jours et les vacances d'été seront là. Béatrice les a méritées, ces vacances, elle qui s'est démenée comme une folle tout le mois de juillet pour ses préventes. Son agenda est déjà plein de rendez-vous sur septembre, des rendez-vous avec des clients intéressés.

Des bureaux connectés. À l'heure du passage en mode agile, quand toutes les entreprises revoient la configuration de leurs espaces, c'est une aubaine de proposer quelque chose d'aussi moderne, elle en est convaincue, et c'est justement parce qu'elle y croit elle-même qu'elle parvient à convaincre ses clients. On vend plus facilement un produit dont on comprend soi-même les qualités. La digitalisation est incontournable, les entreprises n'y échapperont pas et celles qui voudront résister resteront derrière, c'est son avis, un comble pour la jeune femme qui n'a même pas la télé chez elle et qui ne maîtrise pas toutes les fonctionnalités de son smartphone, à l'inverse de Bertrand qui, lui, passe son temps à montrer ses dernières acquisitions technologiques à toutes les personnes qu'il peut croiser au bureau et (elle imagine) ailleurs.

Dernier iPhone parfumé à l'orgueil, montre connectée à deux cent vingt euros, tablette « dernier cri » pour regarder Netflix, voiture avec écran tout connecté, etc., etc.

Elle le voit bien rentrant chez lui le soir, claquant des doigts pour allumer les lumières, prendre sa télécommande universelle et ouvrir la porte des toilettes à distance.

Oui, oui, il a tout ça, il l'a dit. Il faut toujours qu'il se mette en avant, ce vantard !

Pourtant, ce mercredi matin, elle lui trouve la mine renfrognée. Il peine à promouvoir les bureaux intelligents. Lui qui arbore une ewatch n'arrive pas à faire adhérer ses clients, qui restent fermés, non réceptifs à ses arguments. En même temps, ce n'est jamais une bonne chose d'être trop passionné, on ne prend plus de recul, on tire la couverture vers soi.

La seule chose qu'il sait dire sur tout ce qu'il a, sur tout ce qu'il veut avoir, c'est « c'est génial, c'est absolument génial ! ».

Lui, a pris ses vacances au mois d'août, mais il sait pertinemment que l'on travaille beaucoup moins en août, certaines entreprises ferment même quelques semaines. Peu stratégique !

Ce matin, il a une sale tronche, l'air blafard, le teint pâle et les yeux cernés.

Si ça se trouve, il ne dort même plus. Le salaire des commerciaux comprend une importante part variable. Au-delà du poste à prendre, si les objectifs ne sont pas réalisés à la fin de l'année, c'est du salaire en moins. Vu son train de vie, on peut comprendre que la perspective d'une baisse des ventes le mette mal à l'aise. Il a déjà certainement promis à sa famille des super vacances et ils doivent sans doute préparer leur départ des paillettes plein les yeux.

Quand même, il n'a pas bonne mine le garçon.

Elle s'enquiert de sa santé :

— Ça va, Bertrand, tu n'as pas l'air bien ?

Il répond d'une petite voix troublée mais revêche :

— Oui, ça va.

C'est quoi cet intérêt soudain pour sa santé ? Il la regarde avec intrigue, les sourcils froncés, l'air étonné, se méfie, l'observe, voit qu'elle est sincère, finit par répondre :

— En fait, non, ça ne va pas du tout. Est-ce que je peux te parler ?

Incroyable ! Bertrand veut se confier. Elle n'en croit ni ses yeux ni ses oreilles.

« Est-ce qu'on est bien mercredi ? Est-ce que je suis bien au bureau ? Ai-je bien entendu ? Je ne rêve pas ? ».

Elle se pince, aïe, non, ça fait vraiment mal, c'est bien réel.

Après tant d'années à se déchirer l'un l'autre, pourraient-ils réussir à mettre leurs griefs de côté et à engager une conversation ?

Elle fait le tour de l'étage à la recherche d'une petite salle de réunion libre.

Dans l'intimité des murs, il lui confirme qu'il est anxieux, qu'il n'arrive plus à trouver le sommeil. Des infusions soporifiques aux anxiolytiques, il a tout essayé, rien ne marche et il est épuisé.

Il ne comprend pas ses échecs répétés au téléphone. Les clients lui accordent très peu d'attention, il n'a enregistré aucune intention d'achat. Il leur parle deux minutes, et, avant même qu'il n'ait le temps de leur détailler les avantages du produit, ils rétorquent qu'ils ne sont pas intéressés, puis raccrochent.

— Mais qu'est-ce que tu leur dis ? demande Béatrice.

— Eh bien, que j'ai un produit génial à leur vendre, en lien avec le contexte digital, la crème des crèmes du mobilier « high tech ».

— Tu ne leur parles pas de leurs projets ?

— De leurs projets ?

Elle réfléchit deux minutes. Elle a tout de suite cerné ce qui ne va pas dans son discours. Bertrand se comporte comme un vendeur de poisson, mais pour les clients, un achat comme celui-ci est impactant, engageant. L'achat de ce mobilier doit s'inscrire dans un projet structuré. Comme elle ne peut pas lui dire de façon cash qu'il se comporte comme un poissonnier (il faut mettre les formes), se rappelant la technique métaphorique de John Kotter avec sa fable des pingouins, elle illustre sa démonstration par un exemple simple de la vie quotidienne.

— Imagine. Tu as ta maison. Tu veux changer la cuisine. Tu vas chez un cuisiniste. Que lui demandes-tu ?

— Une cuisine.

— Oui, une cuisine.

— Alors, maintenant, imagine que le cuisiniste se tourne vers un modèle d'exposition et qu'il te dise : « voilà, ça c'est pour vous, il est génial, c'est notre dernier modèle, tout en longueur, il ira parfaitement dans votre maison ». Il n'y a rien qui te choque ?

— Il n'a pas vu ma maison.

— Exactement, il n'a pas vu ta maison, il ne sait pas comment tu cuisines, combien de temps tu passes dans ta cuisine, ni même si tu manges dans ta cuisine.

— J'ai compris. Mais alors, que dois-je dire ?

— Pour vendre un produit aussi évolué que celui-ci, il faut d'abord que tu interroges ton client sur son modèle de transformation pour lui démontrer ensuite comment ce projet va lui être utile pour accompagner le changement. Ton produit ne doit pas juste s'adapter à l'organisation, il doit être un moyen comme un autre de favoriser les évolutions souhaitées par l'entreprise. Tu me suis ?

— Complètement ! Merci, Béatrice, merci.

Bertrand sourit. Il retourne à son poste motivé, déterminé à suivre les conseils de sa collègue.

Il n'est pas si terrible que cela, finalement, Bertrand. C'est un homme comme les autres, avec ses hauts et ses bas, ses doutes et ses craintes.

Ne jamais se fier aux apparences. L'homme le plus sûr de lui peut cacher bien des faiblesses. L'ostentation peut être une façon de compenser un manque de confiance en soi. Il ne faut pas s'arrêter à la première impression que l'on a des gens, mais apprendre à les connaître, ce qui prend du temps.

Laisser derrière les préjugés pour regarder plus loin que le bout de son nez, ce n'est pas toujours facile. D'instinct, l'homme va juger, on n'y peut rien, c'est comme ça. Il juge par rapport au contexte et à ses expériences passées. Le tout est d'être capable de challenger ses opinions. Ne rien admettre comme une vérité inébranlable. Se dire que tout est questionnable, et accepter de se remettre en question. Écouter et comprendre est plus difficile et que de faire amende honorable. C'est prenant, frustrant, énergivore. Et pourtant !

Au premier appel, Bertrand décroche – enfin – un rendez-vous. Elle n'en est pas peu fière, se sent un peu responsable.

Le cafard de son collègue s'est évanoui et il affiche un sourire satisfait.

Il aurait pu l'inviter à déjeuner, d'aucuns l'auraient fait, mais il n'en fait rien. Il n'est pas moins avare pour autant.

Béatrice ne s'en offusque pas, parce qu'elle le connaît. Elle sait qu'au fond, il lui en est reconnaissant. Il a baissé sa garde, lui a demandé conseil. Ce faisant, il a ouvert une brèche. Il ne la déteste pas et il semblerait même qu'il l'envie un peu, ou qu'il l'admire ; en somme, peut-être un peu des deux.

Le soir venu, avant de quitter le bureau, il lui lance cette remarque taquine qui n'a plus rien d'un tacle :

— Six appels, six rendez-vous, à ce rythme-là, je vais remplir mon agenda jusqu'à la fin de l'année. Tu ne devrais pas partir en vacances !

Il lui lance un clin d'œil, complice cette fois. Elle sourit. Fidèle à lui-même, ce Bertrand. Mais bon, après tout, c'est une bonne nouvelle. Ils travaillent pour la même cause, pour la même entreprise. Si ses arguments fonctionnent, c'est une bonne chose de les avoir partagés. Elle commence à voir les choses autrement.

Journée harassante, passée au téléphone à argumenter, à prendre des rendez-vous. À peine est-elle sortie de sa Tour que le vent lui fouette le visage, un vent glacé dont il est difficile de dire s'il l'agresse ou s'il la caresse. C'est fou ce vent à La Défense, en plein mois de juillet !

Patience, plus que quelques jours avant les vacances.

Et puis, vient le dernier jour, le plus difficile, le jour qui semble être le plus long, le moins motivant, aussi. Bertrand n'est pas là, elle est seule avec son adjointe. Elle ne fait presque rien. Il paraît que c'est humain. Alors pourquoi culpabilise-t-elle si c'est humain ? Elle qui travaille cinquante heures par semaine n'arrive pas à se pardonner une journée de nonchalance.

Mais les vacances sont bientôt là. Vacances, délivrances. Habituellement, il lui faut une semaine pour décrocher du travail mais là, elle ne sait pas pourquoi, son esprit est déjà parti, lui. Le travail ne la suivra pas. Étrange sensation de lâcher prise. Inhabituelle, surtout. La flemme ? C'est marrant, elle ne l'avait jamais expérimentée auparavant. Flemme ou nausée sartrienne[4] ? Non, elle est heureuse, pourtant. Éreintée, mais

---

[4] Expression qui fait référence au roman de Jean Paul Sartre, *La Nausée*.

heureuse, puisqu'elle rêve de vacances. Où est passé le stress ? Chassé par la fatigue ?

Bizarre cette fatigue, comme un ras-le-bol mais qui n'est pas un ras-le-bol, juste une petite envie de décrocher. Serait-elle enfin guérie de son ergodépendance, libre de partir en congés d'été la tête vraiment en congé ?

Chaleur étouffante dans le métro. Même cette chaleur l'inspire, elle s'imagine sur les plages paradisiaques de Minorque, étalée comme une crêpe, la serviette posée sur le sable chaud, allant se rafraîchir de temps en temps dans une mer délicieuse, translucide et fraîche.

L'eau turquoise, les vagues sur les rochers, les galets gris bleuté, les coquillages. Un peu de lecture à la terrasse d'un café avec vue sur la mer, en sirotant un smoothie ou un milkshake. Le calme. Pas d'enfants, ils sont deux, ils peuvent se permettre ce luxe du calme.

C'est donc l'esprit tranquille et reposé, la tête pleine de ces rêves d'Eden, qu'elle part en vacances avec Sébastien, des vacances libres, toujours dans cette ambiance « farniente ».

Une semaine all-inclusive, sans soucis. Pas de cuisine, pas de paperasse. Tout peut se faire sur place. Location de scooter, excursions, séances d'aquagym et même méditation.

Le trajet se passe sans encombre, l'hôtel est confortable, pour un club vacances. Petite chambre sympathique ouvrant sur un balcon avec vue sur l'une des quatre piscines. Lors de la réservation, elle a demandé une chambre éloignée du petit bassin, pour ne pas entendre les cris des enfants à longueur de journée.

Le restaurant fait un peu cantine, déjeuner à volonté mais il ne faut pas être trop exigeant sur la qualité.

Ils en font très vite l'expérience, comme ils arrivent en fin de journée. C'est sûr, il y a à manger. Quantité versus qualité.

La faim les tenaille depuis leur arrivée sur l'île, si bien qu'ils dînent tôt, ce que Béatrice regrette aussitôt. La salle à manger au décor « salle de classe » grouille de familles avec enfants. Ça parle fort, ça court partout, ça chiale. On ne s'entend même plus parler.

Capharnaüm, c'est reparti ! Le restaurant collectif est une garderie géante.

OK, le repas est compris, et pas cher, mais ils ne mangeront pas tous les soirs ici, c'est hors de question, sinon sa tête va exploser.

— Quand même, ils ne font pas beaucoup d'effort, c'est meilleur au Flunch ! Et avec toute cette quantité de nourriture, je vais grossir. J'ai déjà pris du poids ! Au moins trois kilos depuis un mois. J'ai dû acheter un nouveau maillot de bain.

— Tiens, je ne l'ai pas vu ce nouveau maillot de bain ?

Sébastien lui adresse un sourire coquin.

— Tu as eu beaucoup de déplacements au mois de juin, ma chérie, tu as fait beaucoup de restaurants. Tu t'en occuperas après les vacances, je ferai le régime avec toi si tu veux, d'accord ?

— Mais tu n'as pas grossi.

— Pas grave, je ne suis pas maigre non plus, tu sais, j'ai des réserves à perdre moi aussi.

— D'accord.

— Alors maintenant on se fait plaisir et on n'y pense plus. On mangera tes soupes d'épinards en rentrant.

— D'accord.

Pas de folies pour ce soir. Partir dès le samedi matin, juste après sa semaine de travail, ça l'a achevée. Comme un vieux couple, un petit bisou et au lit !

Sébastien, qui n'a pas encore sommeil, laisse son esprit voyager au pays d'Apollinaire, tandis que la jolie femme d'affaires, qui a laissé son tailleur, ses talons mais aussi, chose étonnante, son ordinateur à la maison, s'endort contre son torse, effectivement au bout de sa vie.

Le lendemain matin, ils le passent à lézarder devant la piscine. Béatrice aimerait bouquiner mais elle a terminé un roman d'Albert Cohen, *Belle du Seigneur* pendant le voyage, d'une beauté et d'une qualité littéraire à couper le souffle.

Surprise, il est possible d'acheter, à la petite boutique du club, des romans d'été en français ! Tout est vraiment à portée de main ici !

Le choix est limité. Quelques titres récents. Son choix se porte sur le dernier roman d'Édouard Louis, *Qui a tué mon père.* Elle a beaucoup aimé ses deux précédents livres, d'une écriture à la fois franche, sans détours et d'une grande sensibilité. Il n'y a pas que les femmes, avec ou sans enfants, qui souffrent de regards condescendants. Il y a des gens qui subissent des tortures bien plus grandes et bien plus injustes. Ô monde impitoyable ! Voilà qu'elle a l'âme poétique maintenant. La lecture du résumé lui tire presque une larme. Dire qu'elle s'est toujours moquée de ses copines qui s'émeuvent d'un rien, pleurant à chaudes larmes devant une comédie romantique ou même une bande annonce de cinéma, voilà qu'elle se met à pleurer aussi.

Sébastien, sors de ce corps !

Mais oui, son romantisme la contamine, il déteint sur sa peau. Elle dit oui à tout. Elle qui rêvait de plages abandonnées, petits coins de paradis perdus au milieu des rochers, se retrouve à l'accompagner dans ses expéditions aventurières au milieu des ruines archéologiques. Des villages talayotiques, il y en a partout sur l'île, à l'intérieur des terres. Sébastien, tout excité, veut tous les explorer, tous sans exception mais il y en a tellement !

Alors ils marchent, randonnent main dans la main au milieu des ruines. La pierre leur parle. Elle susurre la vie passée, la vie qui les a précédés de plusieurs siècles, elle raconte les mœurs et les rites ancestraux qui ont gravé leur passage dans ces vestiges mêlés à la nature luxuriante, ces merveilles archéologiques dont on ne voit que des traces mais dont on devine la grandeur. Le vent porte ces messages mystérieux que leur imagination change en voyage à travers le temps. Nos ancêtres étaient là, à cet endroit précis avaient lieu leurs rites sacrificiels et funéraires. Les pièces de la vie quotidienne jouxtent les espaces consacrés à la vénération des dieux sacrés. Le corps est à l'esprit ce que l'esprit est au corps, un étranger avec lequel il faut manger chaque jour.

Les ombres dessinées par les colonnes de pierre et les arbres feuillus qui entourent les villages ajoutent leur musique voluptueuse à ces paysages pittoresques qui semblent s'étendre à l'infini.

Elle serre la main de Sébastien, s'accroche à lui comme un rémora parasite. Ces vacances l'émeuvent, lui font le plus grand bien.

Promenades au cœur de la préhistoire, déjeuners dans des restaurants semi-gastronomiques en bord de mer, excursions à scooter de Ciutadella, où ils dorment, à Mao, en passant par Alaior, cité où la vie s'est endormie. À l'intérieur, les villes et villages sont désertifiés, tout est à vendre, appartements et commerces. Quel contraste avec la cote assaillie par les touristes étrangers, qui voit fleurir des villas dont le luxe artificiel voudrait surpasser la beauté naturelle de la nature. Inégalable la nature, pourtant, impossible chimère, vergogneuse prétention des humains avides d'accaparer les espaces.

Ces excursions libres, non planifiées, les rapprochent et les rendent encore plus amoureux. Le soir, ils parcourent la côte à la recherche de belvédères splendides pour observer les couchers du soleil. Le paysage offre un spectacle sublime, une superposition de matières et de couleurs qui auraient inspiré le pinceau de Turner. Puis, peu à peu, les contours s'estompent, ciel et mer se confondent en un incendie qui révèle son éclat à l'horizon. Les reflets du soleil, jaune orangé, se réverbèrent dans l'eau calme, mus par de vaguelettes comme dans un miroir déformant. Le rose du ciel crépusculaire s'estompe doucement dans la pénombre. Il n'y a rien de plus beau que ce mélange de couleurs qui se pastellisent et qui s'estompent dans ce ciel pour ne former qu'une seule et même masse sombre avec la mer.

Béatrice voudrait ne plus jamais repartir. Mais il le faut. Il reste deux semaines de vacances, et il faut voir la famille, aussi. La belle famille, ce n'est pas une partie de plaisir.

En plus, Béatrice est malade. Une nourriture trop riche, bien que méditerranéenne. Le problème n'est pas tant le type de cuisine. Elle n'a pas lésiné sur les apéritifs et les desserts. La balance n'est plus son amie. Toutes les deux s'évitent, ça vaut mieux pour l'une comme pour l'autre. De toute façon, elle n'a pas besoin de se peser pour estimer sa prise de poids. Au moins cinq kilos. Au moins. Elle ne ferme plus son pantalon taille 38. Il fallait bien que ça lui arrive un jour. Fini le corps de jeune fille.

Malade, grosse, et… et si ?

Non ! Non ! Non !

Impossible !

Elle prend la pilule depuis ses dix-neuf ans. Récemment, la gynécologue a modifié son contraceptif. Sa pilule, elle ne la supportait plus. Les règles étaient trop fréquentes, c'était devenu impossible à vivre. Le verdict était tombé : trop vieille pour ce type de pilule, c'était même un peu vexant comme diagnostic. À la place, on lui a prescrit une pilule microdosée. Théoriquement, il aurait fallu attendre un mois entre les deux prises avant d'avoir des rapports non protégés. Il est vrai qu'elle n'avait pas fait attention dans cet intervalle, elle qui avait pris la pilule pendant tant d'années, elle ne risquait pas grand-chose, c'est ce qu'elle s'était dit.

C'était il y a plus de trois mois, elle s'en serait rendu compte avant, elle aurait eu les tétons tout durs, la nausée ! Les femmes enceintes disent toutes avoir eu ces symptômes au début, elle l'a lu sur des forums de grossesse un jour où elle avait eu une crainte après un oubli de pilule.

Oui, mais si ?

Non, mais non.

Pour se rassurer, elle achète un test à la boutique de l'hôtel, prétextant l'achat d'un roman, test qu'elle fait discrètement dans les toilettes du restaurant.

Après avoir uriné sur le stylet, elle attend, angoissée, les fesses sur la cuvette et la culotte sur les pieds. Elle fixe le bâtonnet pendant les cinq minutes requises avec un regard de poisson.

Cinq minutes qui lui en paraissent vingt.

Non, non, non.

Une ligne rose apparaît dans chaque fenêtre.

Révélation fatidique ! Enceinte ! Ah bah ça alors…

Incrédule, elle vérifie la boîte, taux de fiabilité 99 %. Ah oui quand même !

Elle revient s'asseoir sur le transat, le visage blême.

— Ça va chérie ? Lui demande Sébastien. Tu es bien pâle, on dirait que tu as vu un fantôme.

— Un fantôme ? Non, pas exactement.

Anna

Qu'aurait pensé Nicolas de ce quatrième bébé ?

Il aurait été fou de joie c'est sûr, lui qui en voulait six. Une demi-équipe de foot, disait-il.

Les souvenirs rejaillissent et font de nouveau couler les larmes d'Anna.

Nicolas, elle l'a connu enfant, sur les bancs de la maternelle, puis de l'école primaire. C'était un garçon comme les autres, qui lui tirait les cheveux et l'embêtait sans arrêt. Elle n'a pas de souvenirs plus précis de cette période si lointaine.

Au collège, Anna était une adolescente qui se trouvait laide. Grande pour son âge, évidemment pleine d'acné et filiforme jusqu'à ses quatorze ans. Nicolas était un garçon plein de charme, séducteur, il faisait tomber les filles autour de lui comme des mouches.

Il ne jetait même pas un regard à la pauvre Anna qui rêvait de lui toutes les nuits. Il n'était pas méchant, juste indifférent. Anna n'attirait pas les regards, elle était quelconque, et elle ne s'aimait pas, comme beaucoup d'adolescentes à cet âge-là.

Au lycée, en revanche, Anna avait beaucoup changé. Son corps s'était métamorphosé. Peu à peu, la chrysalide s'était ouverte en un merveilleux papillon. Ses longs cheveux et son air mélancolique attiraient tous les regards des garçons qui tournaient autour d'elle comme des abeilles autour d'un pot de miel.

Mais à partir de là, les garçons ne l'avaient plus intéressée. Studieuse, elle se dévouait à ses études. Voulait être psychologue pour enfants. Elle trouvait les garçons futiles, pas assez sérieux. Ils ne pensaient qu'à s'amuser et à draguer, des distractions qu'elle jugeait précoces et inutiles.

Nicolas aussi avait essayé de la séduire, mais il avait reçu une fin de non-recevoir. Elle avait passé son bac avec mention et s'était inscrite en fac de psycho.

Les deux amis s'étaient perdus de vue. Lui s'était orienté vers une filière commerciale. Un BTS commerce en alternance auprès d'une boîte de télécoms.

La voie qu'elle avait choisie ne lui apportait pas le bonheur qu'elle espérait.

Déjà, les débouchés étaient peu nombreux. Les étudiants de deuxième et de troisième année l'avaient mise en garde. Filière obstruée, perspectives limitées. Beaucoup de précarité.

Certains étaient là par passion, d'autres étaient là par défaut. La filière un peu fourre-tout, en somme. Mais tous se livraient une compétition acharnée. Tous se retrouveraient sur un marché de l'emploi bouché, postulant à tout va dans l'espoir d'un poste ou de deux postes en institution, selon les équivalents temps plein proposés.

Et puis, elle s'était très vite aperçue qu'il lui manquait quelque chose. Ou plutôt quelqu'un. Ce blond charismatique ne lui inspirait peut-être pas tant d'indifférence que cela, à en juger par l'amertume profonde qu'elle ressentait depuis qu'ils s'étaient éloignés.

Elle pensait à lui. S'imaginait avec lui. Rêvait de lui la nuit. Fantasmait leur histoire, écrivait des centaines de fois le prénom Nicolas sur son journal, son esprit s'absentait souvent, partait dans de longues méditations romanesques.

Une famille, ils auraient pu fonder une famille, si elle ne l'avait pas éconduit. Elle regrettait ses choix et ses remords lui étaient insupportables.

Elle regardait les mamans avec envie, aspirait à être mère. Elle ne perdait pas une occasion de garder ses neveux et, dès qu'il y avait un bébé près d'elle, elle s'exaltait. Elle se regardait dans la glace, un coussin sous la robe, se projetait enceinte. Un tout petit bébé, une graine de bébé qui grandirait comme une fleur pour éclore au grand jour. Fleur. Elle l'appellerait Fleur son premier petit si c'était une fille.

Au bout d'un moment, il avait fallu se rendre à l'évidence.

C'était ça sa voie, devenir mère, pas se battre pour avoir une place égale aux hommes dans un travail qui la saoulait.

Plusieurs fois, elle avait prié le seigneur de l'aider à retrouver son bien aimé. Elle qui n'était pas croyante promettait d'aller à l'église tous les jours en échange d'un tout petit signe du destin. « Allez, seigneur, s'il vous plaît, je promets de faire tout ce que vous voudrez ».

Un miracle s'était produit pour l'anniversaire de ses vingt-deux ans. Son frère Jean avait organisé une grande fête surprise à laquelle il avait invité beaucoup d'anciens camarades, dont Nicolas, avec lequel il était resté en contact.

Ce jour-là, Anna et Nicolas s'étaient retrouvés et ils ne s'étaient plus jamais quittés, enfin plus jamais jusqu'à la mort de Nicolas… Lorsque leurs yeux s'étaient croisés, on aurait pu mettre une musique de film romantique tellement cela avait été intense, foudroyant. Ils avaient passé toute la nuit à danser et à parler.

Au bout d'un an, ils s'étaient mariés. Elle avait insisté pour avoir un mariage religieux. Avait finir par convaincre Nicolas. Pour remercier ce ciel qui les avait réunis, ils s'étaient unis devant Dieu.

Nicolas était exactement le genre d'homme qu'elle recherchait. Il voulait une femme à la maison, des enfants, une ribambelle d'enfants.

Ils avaient quand même attendu deux ans avant de mettre Fleur en route.

Anna était aux anges, c'était la vie dont elle rêvait. Elle pouvait enfin contempler son ventre rond dans la glace sans mettre un coussin sous sa robe et, lorsqu'elle avait ressenti les premiers coups de pied du bébé, son bonheur avait été complet. Un ange ! Un ange sous ses robes amples qui laissaient deviner son ventre rond, berceau de l'avenir.

Nicolas n'était pas un homme exemplaire, bien sûr que non. Il avait son caractère, et ses défauts, comme tout un chacun. Ils se disputaient souvent, mais qui n'a jamais connu cela ? Pour Anna, la dispute a toujours été quelque chose de bénéfique, de constructif. Les disputes désamorcent des tensions sous-jacentes.

Il adorait retrouver ses copains et faire des virées à moto avec eux. Cette moto, Anna avait dû faire avec, même si elle n'était pas d'accord. La moto était un grand motif de conflit au sein du couple, elle trouvait qu'il lui consacrait trop de temps et d'argent.

Rutilante, d'un rouge sang justement, prédilection funeste, il la caressait amoureusement avant de monter dessus, l'entretenait avec dévotion comme une femme. C'était elle, sa rivale !

Elle en était jalouse, mais pardonnait à son homme cette maîtresse de ferraille.

Jalouse, sentiment humain, et méfiante aussi. Elle tremblait à chaque fois qu'il l'enfourchait.

Heureusement, sa rivale finissait toujours pas lui rendre son homme qu'elle retrouvait à la nuit tombée après une journée de chevauchée. La reine de pique le rendait toujours à la reine de cœur. Jusqu'au jour du drame.

C'était un bel homme son Nicolas, avec son visage carré, sa fossette au menton et ses yeux rieurs, des yeux d'un bleu transparent, presque opalin, bleu dont a hérité Petit Pierre. Le chanceux ! Il sera un tombeur, comme son père.

Nicolas se fâchait rarement, dédramatisait souvent. Il prenait tout à la rigolade, rien n'était jamais grave à ses yeux. Anna se demandait même s'il se rendait compte de ce qu'impliquait l'arrivée d'un enfant. Elle ne croyait pas qu'il serait assez mûr pour ce rôle, ayant lui-même une âme et un comportement d'enfant. Elle avait été agréablement surprise.

Lors de la naissance de Fleur, il était là, caméra à la main, n'en perdant pas une miette alors qu'Anna aurait aimé qu'il lui tienne la main, qu'il l'embrasse, qu'il lui susurre des encouragements à l'oreille.

Le premier accouchement est le plus dur, paraît-il ! C'est un euphémisme. Fleur était arrivée en siège complet. Pour ceux qui ne se savent pas ce que c'est, elle était sortie par les pieds et non par la tête.

Le siège est une rude épreuve pour la maman qui doit pousser tout le long du processus. À tout moment, la tête du bébé risque de coincer car elle arrive par le dessous du cou. C'est exactement ce qui s'était passé. Le chirurgien avait été là.

Pour toute grossesse à risque ou plus difficile, il n'y a pas que les sages-femmes. Il y a toujours un obstétricien qui traîne au cas où. Et celui-ci était là, au cas où et il y avait eu cas.

La tête du bébé coincée, il n'y avait plus eu qu'une solution : le pousser-tirer. Anna s'était mise à pousser de toutes ses forces pendant que le docteur appuyait très fort sur son ventre et que la sage-femme tirait doucement.

Et Fleur était enfin sortie ! Avec toutes ses épines, la rose était sortie.

Un tout petit bébé de 2,8 kg, tout fin et tout joli. Nicolas en avait pleuré de joie. Sa fille sur son ventre, Anna était pleine d'admiration. Nicolas, lui n'avait cessé de filmer en commentant bêtement.

« Regarde ses petits doigts et ses petits pieds, ils sont magnifiques » ! « Et elle en a dix de chacun », avait-il dit en riant !

Sa petite fille était parfaite. Un fin duvet blond recouvrait sa toute petite tête.

De ce jour, Nicolas était devenu d'un seul coup beaucoup plus responsable. Il était gaga de sa petite merveille. La prenait en photo tout le temps, l'exhibait partout.

Il était tellement heureux, se sentait père du plus profond de son être.

Alors, lorsqu'Anna lui avait annoncé être à nouveau enceinte neuf mois après, il avait accueilli la nouvelle avec le plus grand enthousiasme et lui avait confié son souhait d'une famille nombreuse. L'homme parfait, le père idéal et en plus un amant hors pair (eh oui ça aussi ça compte), que demander de plus ?

Anna avait trouvé son bonheur.

À l'échographie pour le deuxième bébé, le gynécologue lui avait appris qu'elle attendait encore une fille. Loin d'être déçu de ne pas avoir un garçon, Nicolas s'était conduit pour Constance de la même façon que pour Fleur : en papa gâteux !

Il avait de nouveau joué les cinéastes, filmé le bébé sous tous les angles comme pour la première fois. Ce deuxième bébé était passé « comme une lettre à la poste ». Enfin, c'est ce que l'on dit quand c'est relativement plus facile (mais essayez de faire sortir un melon dans un trou de la taille d'une orange et on en reparlera).

Il était très fier de ses « trois femmes » comme il aimait à le dire. Il ne manquait pas une occasion de choyer Anna. C'était une rose au petit-déjeuner, ou un repas au restaurant (sans les filles bien sûr).

Il la surprenait quotidiennement. Son poste de conseiller en banque lui assurait des revenus corrects et ils n'avaient pas de soucis financiers, même s'ils ne roulaient pas sur l'or.

Anna ne voulait pas d'autres enfants, enfin pas dans l'immédiat, elle était bien avec ses deux poupées et son homme. Sa petite brune et sa petite blonde, deux fées si différentes et si semblables en même temps. Des répliques d'elle-même.

Mais deux ans plus tard, ça avait été une autre surprise. Un oubli de pilule et hop encore enceinte. « Une vraie lapine », s'était-elle dit.

Nicolas, pas du tout embarrassé, avait pris la résolution de changer de maison après la naissance du troisième.

Et ça avait été un garçon. Un garçon qui n'avait pas crié tout de suite lorsqu'il était sorti du ventre d'Anna. À tel point qu'Anna effrayée crut que son enfant était handicapé ou même mort.

Le coquin !

Tout le monde avait regardé avec surprise ce bébé tout rond qui naissait avec un casque de cheveux blancs sur la tête. Personne n'avait jamais vu ça dans le service. Le bébé était normal, tout allait bien. Il avait seulement les cheveux blancs.

Premier garçon du clan, il avait été accueilli dans la petite famille avec amour et joie comme les filles.

En grandissant, ses cheveux n'avaient pas changé de couleur. Il était magnifique, et ses sœurs comme ses parents en étaient gagas. Un petit ange qui faisait retourner les passants dans la rue. Mais méfiez-vous de l'eau qui dort, car derrière cette apparence angélique se cachait une petite terreur, habituée à ce que tout le monde soit à ses pieds. À ce qu'on lui cède tout. Capricieuse et exigeante. Et pourtant tous en étaient fous.

C'est pour les deux ans de Petit Pierre (surnom que tout le monde lui donnait), que Nicolas avait annoncé sa décision d'acheter une maison, et une nouvelle moto.

Autant pour la maison Anna était d'accord (à quoi bon payer un loyer pour un bien appartenant à autrui quand on pourrait être propriétaire de son chez-soi pour la même somme), autant pour la moto il fallut à Nicolas des trésors de persuasion pour la convaincre.

Pour la maison, il fallait bien sûr accepter de s'éloigner un peu. Un peu de verdure ne la gênait en rien. Comme il se déplaçait essentiellement à moto, elle avait l'Opel Astra à disposition, n'était pas assignée à résidence.

Il avait choisi le modèle au-dessus de celle qu'il avait déjà. Comme Anna regrette de ne pas avoir été plus dissuasive ce jour-là !

Mais ce qu'homme veut, Dieu le veut et Nicolas obtenait toujours ce qu'il voulait.

Dans le même temps, ils avaient trouvé la maison de leurs rêves.

Une chambre pour chacun des enfants, un grand jardin et la possibilité de faire creuser une piscine plus tard. Une grande maison rien qu'à eux, que Nicolas, tout fier d'avoir dénichée, lui avait fait visiter en paradant comme un coq.

La seule ombre au tableau, c'étaient ses parents à lui. Ils ne lui avaient jamais pardonné d'avoir épousé une roturière. Contrairement à ceux de Nicolas, les parents d'Anna n'étaient pas riches. Ils lui avaient donné beaucoup d'amour, tout ce qu'elle désirait d'attention, mais les privations avaient été nombreuses.

Même après la naissance des petits, les parents de Nicolas avaient gardé leurs distances. Ils envoyaient un chèque pour les anniversaires, faisaient une apparition de temps en temps, mais on voyait bien que c'étaient là des attentions conventionnelles, sans plus d'investissement.

Nicolas ne s'en était guère soucié, lui, mais Anna en avait beaucoup souffert et elle avait espéré que le temps calme les choses. Mais non. Rien n'avait jamais changé de leur côté.

Ils avaient pris la décision de s'accorder une semaine sans les enfants après la signature du compromis, pour fêter leur acquisition. Leurs dernières vacances en amoureux !

Étaient partis à Majorque. Une semaine de roucoulades, de tendresses. Soleil, farniente, sérénité, silence. Pas d'enfants.

À trente-deux ans, Nicolas était toujours suivi du regard. Les femmes l'aimaient et les hommes le haïssaient. Il était beau, avait du « bagou », présentait bien, Anna était fière d'être à son bras.

De son côté, Anna était magnifique. Ses trois grossesses ne l'avaient pas du tout abîmée, elle avait très vite retrouvé la ligne. Ils formaient un couple superbe, un couple princier.

Ils rentrèrent de Majorque heureux et encore plus amoureux l'un de l'autre, en se jurant que rien ne pourrait jamais les séparer.

Rien… sauf cette moto.

Cette maudite moto dont elle n'avait jamais voulu. Sa rivale.

Cette rivale qui avait fini par lui prendre l'homme qu'elle aimait.

Finalement, seule la mort était assez forte pour les séparer. La mort contre laquelle on ne peut rien faire. La faucheuse choisit, emporte celui qu'elle veut, et c'est tout. La veuve ramasse.

Anna lève les yeux vers le ciel et laisse ses yeux pleuvoir sur ses joues. Les larmes glissent jusqu'à ses lèvres, ces larmes tièdes au goût de sel dont elle ravale l'amertume.

Elle ne pleure pas souvent, mais cette fois, elle se laisse aller. Ça fait du bien de tout lâcher parfois, de perdre pied. De ne plus jouer à la super maman qui encaisse tout.

Elle aimerait que cet enfant qui doit arriver soit un deuxième garçon. Deux filles, deux garçons ce serait bien et ce serait un peu la prolongation de son Nicolas, ce petit bébé miracle qui s'impose.

Ce Petit Nicolas, probablement conçu à Majorque lors de ces dernières vacances idylliques, que la cigogne a déposé dans le berceau de chair comme un dernier cadeau d'adieu.

Ce petit être mystère sera la chute de sa vie passée et le prologue de sa vie future. Il écrira, avec ses petits doigts potelés et sa bouille de bébé, les premières lignes de la page du second tome de sa vie.

Chapitre 5
Un bien lourd secret

Béatrice

Depuis qu'elle lui a annoncé sa grossesse, Sébastien redouble d'attentions. Jusque-là, ses égards lui plaisaient, mais là, il en fait beaucoup trop. À tout moment, il demande « As-tu besoin de quelque chose, ma chérie ? ». À chaque fois qu'elle envisage d'entreprendre le moindre effort physique « Non, ne te lève pas, reste assise, j'y vais, tu vas te fatiguer ».

Qu'est-ce que c'est agaçant !

Elle est enceinte de trois mois et cela ne se voit même pas. Quelques kilos en plus qui passent facilement pour des excès de vacances.

Enfin, il se sent père, lui qui l'espérait depuis si longtemps. Faut-il lui rappeler que cet enfant, à la base, est un accident ? Bon, depuis qu'elle sait qu'elle est enceinte, elle se sent un peu mère, elle se découvre un instinct maternel qu'elle n'aurait jamais soupçonné. D'un côté, elle a honte de cette situation qui lui est imposée, cette maternité aux antipodes de ses idées féministes si longtemps défendues. « Moi, mère, pas sûre ! Ma carrière d'abord, après, on verra, et encore, ce n'est pas certain et si je ne suis pas mère, ce n'est pas la mer à boire ». D'un autre côté, elle ressent une sorte de ravissement, d'émerveillement, d'amour, oui, c'est ça, d'amour, parce que, déjà, elle l'aime, son enfant. Ça, elle ne le dira pas à Sébastien. Trop fière pour contredire en quelques jours plusieurs années d'arguments.

Le petit-déjeuner est devenu une véritable torture. C'était son moment intime. Avant, elle se levait aux aurores pour jouir de ce moment d'intimité privilégié. Deux heures rien qu'à elle pendant lesquelles elle s'adonnait à son plaisir rituel. D'abord, elle prenait son petit-déjeuner, quatre biscottes généreusement beurrées, une banane et un produit laitier, puis elle se préparait dans la salle de bains en écoutant Chad Lawson. Après quoi elle descendait chercher son journal qu'elle feuilletait en silence avec un bon café, pendant que Sébastien dormait.

Mais ça, c'était avant. Car désormais, Sébastien se lève aux aurores. Dès qu'il la sent gigoter, il saute du lit. C'est à peine croyable pour un hiberneur notoire !

S'il se montre tout content, tout fier, pour elle, ce n'est pas une bonne nouvelle ! Comment lui faire comprendre que c'est juste horrible, gênant, envahissant ?

À présent, il lui prépare son café, lui récupère son journal qu'elle ne peut plus lire parce qu'il lui parle. Sa voix couvre les notes de piano en fond sonore, ce n'est plus relaxant du tout. Et ses questions qui ne servent à rien !

— Tu as bien dormi, ma chérie ?

— Oui.

— Tu n'as pas eu trop chaud ?

— Non.

— Tu te sens bien, pas de nausées ?

— Bon ! Arrête, là, avec tes questions !

— Je veux juste m'assurer que vous allez bien, tu sais, toi et le bébé.

Si le bébé pouvait parler, sûr qu'il lui dirait : « lâche-la un peu ».

Même dans le métro, il la suit, lui envoie des messages, l'appelle :

— C'est moi !

— Oui, je vois ça ! Qu'est-ce qu'il y a ?

— Tu as une place assise ? Parce que si tu n'as pas une place assise, il faut le dire, que tu es enceinte, hein ?

— Oui, je suis assise. Bon, ça va couper ! Ah, je ne t'entends plus là… je te laisse…

Ouf !

Quand elle pense qu'elle a encore six mois à tirer ! Ce n'est pas une seule épreuve qui l'attend, mais trois. Premièrement la grossesse en elle-même, qu'elle appréhende beaucoup ; deuxièmement, le père du bébé qui voudrait l'enfermer dans une chambre stérile et la nourrir à la paille jusqu'à l'accouchement ; et troisièmement, son patron dont elle craint les représailles. Elle ne saurait dire laquelle des trois sera la plus difficile.

Misère O Misère !

Elle ouvre le roman que son amie lui a conseillé, *Tristesse et Beauté*[5], un roman japonais d'un lyrisme à couper le souffle, admirablement traduit en français. Vanessa lui a affirmé que c'était du Lamartine moderne. Elle n'en débattra pas avec Sébastien (il est insupportable quand il parle de littérature et qu'il fait son schtroumpf à lunettes).

Au bout de quelques pages, horreur ! Otoko, l'un des personnages clés du roman, a perdu son bébé !

Elle referme le livre d'un seul coup comme si les pages lui avaient brûlé les doigts.

---

[5] *Tristesse et Beauté* est un roman de Yasunari Kawabata, prix Nobel Japonais.

Un présage. Et si c'était un présage, un mauvais présage ? Elle ne veut plus y penser mais trop tard, elle ne peut plus ne pas y penser. Partez, vilaines idées ! Elle pose la paume de sa main sur son ventre d'un geste protecteur.

« Mon bébé il ne t'arrivera rien, je suis là, ta maman est là ».

Les larmes lui montent aux yeux. Que font-elles là ces larmes, ces larmes qui la surprennent, qu'elle ne maîtrise pas, qui veulent l'envahir et alors elle ressemblera à quoi, elle arrivera au travail avec de grandes traînées de mascara noir sur les joues, une tête de clown en porcelaine ? Pleurer sur un roman, il ne manquait plus que ça !

« Enfin, ma grande, ressaisis-toi ».

La Défense. Terminus. Les gens se précipitent à l'extérieur de la rame. Perdue dans ses pensées, elle réalise qu'elle est la dernière à sortir.

Fourmillement d'individus pressés aux chaussures cirées. L'escalator qui mène au Dôme est en panne et elle transpire déjà. Qu'est-ce donc que cette chaleur ? Vient-elle du dehors ou émane-t-elle de son corps ? C'est un véritable phénomène de perturbation émotionnelle et biologique cet enfant. Quand elle pense qu'il n'a même pas encore de forme humanoïde !

Arrivée à son bureau, elle se débarrasse de sa sacoche et de sa veste, soulagée, mais quelle odeur, elle sent ses aisselles sans même lever les bras ! Elle se rue aux toilettes pour s'asperger de déodorant. Le miroir lui renvoie l'image d'une femme cernée, fatiguée, grossie, ça se voit, ça se voit qu'elle est enceinte, il faut faire quelque chose ou ils vont tous le remarquer. De sa petite pochette de secours, elle sort un peu de poudre de teint pour blanchir ses joues empourprées par la chaleur, par la honte aussi, honte de cacher, honte de mentir, honte de fuir. Elle se sent mal. Nausée ! Oh non, pas ça, c'est cauchemardesque, c'est dans les films que ça arrive, ces choses-là ! Pas la nausée, s'il vous plaît, pas la nausée…

Elle se précipite dans un cabinet. À peine a-t-elle penché la tête sur la cuvette qu'elle vomit son petit-déjeuner. À l'envers, le beurre n'a pas le même goût !

— Et merde !

Un chewing-gum à la menthe, vite ! Faire illusion. Ça fait un quart d'heure qu'elle est aux toilettes ; heureusement, personne n'est entré, un miracle, vu le nombre de femmes présentes sur l'étage, elle a bien fait d'arriver tôt !

Vite, sortir de cet endroit qui sent le vomi !

Sauvée, personne n'a rien vu.

Bernard arrive en sifflotant, tout beau, tout propre dans une chemise impeccablement repassée.

— Bonjour, Béa, comment vas-tu ?

Elle déteste quand il l'appelle Béa, marque d'intimité un petit peu exagérée à son goût.

— Très bien, merci, répond-elle poliment.

— Tes vacances se sont-elles bien passées ? Tu es toute bronzée.

Pas un mot sur son poids. C'est déjà ça.

— Ah oui, tu trouves ?

— Tu as bonne mine, en tout cas.

Inhabituelle, cette marque d'intérêt, ça cache quelque chose.

— Au fait, j'ai discuté avec le chef pendant ton absence.

Voilà, il fallait s'y attendre ! Béatrice lève un sourcil circonspect, se reproche aussitôt sa naïveté. Le filou n'est pas devenu gentil en quelques semaines.

— Ah oui ? demande-t-elle l'air de rien.

— Oui, son remplaçant est déjà désigné.

Bertrand marque un silence, silence lourd, pesant, angoissant, stressant. Le fourbe, il n'a pas fait ça ! C'est fort possible, ce serait fort de café en tout cas ! Elle s'attend à ce qu'il lui annonce qu'il est son chef à présent, et, déjà, elle se ronge les sangs. S'il devient son chef, sa pédanterie sera insupportable. Hors de question qu'elle se laisse faire ! L'espace d'un instant, elle fomente sa contre-attaque, s'imagine déboulant, furieuse, dans le bureau du patron « alors, vous avez choisi le moins bon de nous deux, parce que c'est un homme, c'est ça ? ». Mais elle se ravise aussitôt, se rappelle qu'elle n'est pas en position de force, tout de même, elle est enceinte. Cette décision prise en son absence ne lui retirerait-elle pas une épine du pied ? Elle n'aurait pas pu prendre le poste de toute façon. Soit, mais sur la base de quels critères objectifs Bertrand aurait-il été choisi ? Certes, il faut reconnaître que c'est un bon commercial, un tchatcheur, mais il n'a aucun leadership, il n'est pas orateur pour un sou, encore moins fédérateur. Et malgré cela, on l'aurait choisi pour diriger tout un marché, un marché au potentiel de croissance exponentiel qui plus est ?

— Allez, Béa, on descend, je t'offre un café !

Béatrice croit halluciner, lui offrir un café pour lui mettre son succès dans les dents, non mais quel culot ! Pourtant, elle accepte et le suit tête baissée.

Dans l'ascenseur, elle s'interroge sur la façon dont elle devra se comporter lorsqu'il lui annoncera la chute. Devra-t-elle se montrer hypocritement ravie ? Non, c'est impossible, même avec la meilleure volonté du monde elle n'y arrivera pas, c'est hors de ses capacités naturelles de se réjouir de la perte d'une attribution dont elle pensait qu'elle lui revenait de droit.

— Tu veux un expresso ou un allongé ?

— Un allongé s'il te plaît.

Bertrand commande deux allongés et passe son badge pour régler la note. Les deux collègues s'installent sur les assises cubiques en simili cuir rouge de la cafétéria. C'est la première fois qu'ils prennent un café ensemble à cet endroit. Première et dernière fois, se dit-elle. Résignée d'avance, elle pense à sa déception, à sa colère sûrement, à sa démission… peut-être, cas extrême, non, non, là c'est la douleur qui parle. Les jeux sont faits, on ne peut plus rien changer.

Soudain, coup de théâtre !

— En fait, nous aurons une cheffe, puisque c'est toi que le patron a désignée comme successeur.

— Tu plaisantes ?

Béatrice est estomaquée, elle n'en croit pas ses oreilles. Ainsi, il y a une justice, une reconnaissance du travail accompli ! Elle qui se donne corps et âme depuis des années pour ce job, enfin récompensée de ses efforts !

Mais… mon Dieu… le bébé… de nouveau cette angoisse. Ascenseur émotionnel. Pas le temps de se réjouir, la surprise laisse place aux affres de la culpabilité.

Alors c'est ça, ce fameux syndrome de l'imposteur que les femmes ressentiraient plus que les hommes ? On ne se sent pas légitime pour accéder à une haute fonction parce qu'on a un utérus. Elle avait toujours cru y échapper, mais non, son ventre est le berceau de son imposture.

Si elle nie sa grossesse, si elle accepte le poste, on la jugera, à coup sûr on dira qu'elle est opportuniste, calculatrice. Elle n'est pas comme cela, elle ne peut pas mentir et puis, comment diriger un marché, manager une équipe, si l'on n'est pas crédible ?

— Le boss part dans six mois. Tu devrais donc pouvoir prendre le poste en janvier.

Rapide calcul. Enceinte de trois mois. Trois mois plus six égal neuf. En gros, elle doit accoucher au moment de la passation. C'est bien ce qu'elle pensait, c'est foutu.

De nouveau, elle sent venir ses larmes, importunes, et cette fois elle ne les retient pas.

Bertrand est surpris, il ne s'attendait pas à ça. Il se montre très doux, lui caresse l'omoplate d'un geste prévenant.

— Qu'est-ce qu'il t'arrive, Béatrice ? C'est le coup de l'émotion, c'est ça ?

— Je ne peux pas, Bertrand, je ne peux pas accepter.

— Mais enfin, qu'est-ce que tu racontes ? Tu en rêvais de ce poste !

— Je suis enceinte.

Il retire sa main brusquement, se fige, bouche bée.

— Oh !

— Oui, tu l'as dit.

— Non, mais je veux dire, c'est une bonne nouvelle, félicitations !

— Pour le poste, non.

— Mais si, les enfants c'est génial, c'est super ce qu'il t'arrive !

Le sourire jusqu'aux oreilles, il jouit, le saligaud, se délecte de ce coup de théâtre qui lui est favorable, s'il le pouvait il sautillerait.

Son air réjoui est une torture.

— Écoute, ne fais pas l'hypocrite, s'il te plaît.

— Mais…

— Ça va, ça t'arrange bien, comme situation !

— Béatrice, tu n'es pas bien là, si tu veux un conseil, rentre chez toi, remets-toi un peu de tes émotions, mets de l'ordre dans tes idées, et appelle Aymeric, OK ?

— Ouais, c'est ce que je vais faire.

Elle se lève brusquement et quitte la cafétéria, ne pouvant rester une minute de plus aux côtés de cet usurpateur faussement compatissant.

Tout le long du trajet, elle laisse couler ses pleurs, devant les mines indifférentes des voyageurs, honteuse de s'être laissée emportée, triste d'avoir perdu une telle opportunité, démunie face à l'adversité. « Tout ça, c'est la faute du bébé ! Tout ça, c'est la faute du bébé ! Tout ça, c'est la faute du bébé ! » : ces phrases passent en boucle dans sa tête comme un vieux disque rayé. Ses pensées sont obstruées par cette envahissante idée. « Tout ça, c'est la faute du bébé ».

— Tout ça, c'est la faute du bébé !

— Mais non, ma chérie, ne dis pas ça.

Assis de biais à côté d'elle, sur le canapé du salon, Sébastien tente comme il peut de la consoler. Recroquevillée sur elle-même, les jambes ramenées vers la poitrine, le menton sur les genoux, elle reste murée en elle-même comme un escargot dans sa coquille.

Ses paupières sont gonflées, elle a passé toute la journée à sangloter.

« Ça doit être les hormones » pense Sébastien. Il ne veut pas la brusquer. Elle est si belle, dans sa fragilité, belle et triste comme Graziella[6].

— Mon amour, ce n'est pas grave. Ce n'est qu'un poste, ce n'est pas toute ta vie. Nous allons former une famille, nous allons avoir un bébé. Et puis, qui te dit que tu ne l'auras pas dans trois ou cinq ans ce poste ? Tu ne sais pas de quoi demain sera fait. Ma chérie, regarde-moi, s'il te plaît.

À force de patience et de prières, Sébastien parvient à l'apaiser.

— Tu sais quoi ? Nous allons sortir dîner !

Soupir de désespoir :

---

[6] Graziella est un personnage du roman éponyme de Lamartine.

— Je ne peux pas boire d'alcool, pas manger de poisson cru, ni de fromage, rien ! Je ne peux plus rien faire. Je suis grosse comme une vache, je suis en sueur quand je fais deux mètres, je perds des cheveux…

— Oui, ce n'est pas facile, je sais, mais d'une, tu n'es pas obligée de boire de l'alcool, on peut très bien se prendre un Virgin cocktail, toi et moi, de deux, on peut choisir un plat compatible avec ta grossesse tout en se faisant du bien, évidemment on ne va pas aller manger japonais !

— Moi qui adore le japonais…

— On est mercredi. Après l'accouchement, ce sera sushis tous les mercredis soir !

La tension redescend, Sébastien sent qu'il a trouvé les mots justes. De sa toute petite voix de femme en fin de caprice, Béatrice répond :

— Tu promets ?

— Je te promets, et j'apprendrai même à les faire, pour t'en faire les autres jours quand tu voudras.

— Je t'aime.

— Moi aussi, je t'aime ma chérie.

— Il faut que j'appelle mon patron.

— Tu l'appelleras demain. Il comprendra. Ton collègue a déjà dû lui dire ce matin que tu étais fatiguée et que tu étais rentrée pour te reposer.

— Tu parles, le connaissant il en a déjà profité pour tout balancer et se mettre en avant. Quand je lui ai annoncé ma grossesse, il est presque tombé en pâmoison.

— Allez hop, on sort, on n'en parle plus ! Allons déjeuner dehors.

Le lendemain matin, après une nuit agitée, elle prend une profonde inspiration et appelle son patron.

— Ah, bonjour, Béatrice. Bertrand m'a dit que vous n'étiez pas très bien hier. J'allais justement vous appeler. Un malaise, c'est bien cela ? Comment vous sentez-vous aujourd'hui ?

A son grand étonnement, Béatrice comprend que Bertrand n'a rien dit.

— Pas vraiment mieux.

— Que vous arrive-t-il ?

— Je suis enceinte.

Silence au bout de la ligne. Une, deux, trois, quatre, cinq... dix secondes de silence.

— Félicitations ! C'est une excellente nouvelle, mademoiselle Escudero. Je suis vraiment enchanté pour vous ! Pour quand est-ce prévu ?

— Justement, répond la jeune femme embarrassée, c'est pour janvier. Bertrand m'a parlé de...

Aymeric l'interrompt aussitôt.

— Ah, quel mouchard celui-là, il n'a pas pu s'empêcher.

— Mais, comme je suis enceinte, que va-t-il se passer ?

— Pour quand l'arrivée du bébé est-elle prévue ?

— Janvier, justement.

— Eh bien, Bertrand assurera l'intérim.

— Juste l'intérim ?

— Écoutez, que cela reste entre nous : quand je lui ai annoncé votre nomination, il m'a avoué qu'il était soulagé, parce qu'il ne se sentait pas capable de tenir le poste, c'est beaucoup trop de responsabilités. Il m'a fait part des échanges que vous avez eus avant votre départ. Vous lui avez donné de précieux conseils, des conseils gagnants, il a fait carton plein de rendez-vous pendant votre absence !

— Vous voulez dire qu'il a fait mes louanges ?

— Je n'irai pas jusqu'à dire qu'il a fait vos louanges mais en tout cas, il a reconnu que vous étiez faite pour ce poste. Pour être honnête, je pense qu'il est un homme de confort plus qu'un homme de défis. Ne lui dites surtout pas. Il a de nombreux atouts et ce que je viens de dire ne préjuge pas de ses qualités commerciales.

— Ses qualités commerciales sont excellentes, je peux vous le dire, mais je comprends sa position. C'est beaucoup de responsabilités en plus. Merci, franchement, merci !

Elle raccroche, des rêves plein la tête et des étoiles plein les yeux.

Anna

Anna retrouve ses esprits au petit matin.

Toute la nuit, elle a retourné la question dans sa tête.

La nuit porte conseil, elle a pris sa décision, qu'elle soit bonne ou mauvaise, tant pis. Première résolution : elle ne dira rien à ses employeurs avant un mois, le temps de prendre la mesure de son poste et de se rendre indispensable.

Après tout, elle n'a aucun symptôme, pas de nausées, juste cette grande fatigue qu'elle attribuera au changement.

Son ventre rond ne se verra pas avant quelques semaines.

Silence total envers la famille, seul Jean sera mis dans la confidence. Surtout, ne rien dire aux enfants qui vendraient la mèche par inadvertance. Ce ne sont que des enfants, et des enfants, ça cafarde !

Elle voit poindre le matin avec un peu plus de sérénité que la veille. Après tout, si cela ne marche pas, elle pourra toujours faire marche arrière et retourner à Genlis chez ses parents.

Cette matinée sera consacrée aux enfants qui ont un peu besoin d'attention. Puis, cet après-midi, elle ira présenter ses enfants à Laure et à Geneviève. Ce sera l'occasion de leur montrer la maison.

La matinée se passe en jeux de société et pomponnage pour les filles.

Petit Pierre reste juste accroché à sa maman comme à une bouée. Craignant sans doute de la perdre aussi, il la suit absolument partout, allant jusqu'à l'attendre devant la porte des toilettes. Choc post-traumatique, certainement. Il va falloir qu'elle prenne rendez-vous avec un psychologue pour enfants. Pour les trois. Sans doute les filles, qui intériorisent leur douleur, en ont-elles besoin elles aussi.

L'après-midi, direction le bois de Vincennes. Les enfants sont contents de se défouler un peu.

Ils s'excitent, s'agitent, courent partout comme des petits monstres. Ils ont besoin de bouger.

Guillerette, Laure est ravie de voir de si jolis enfants. Tout le monde les trouve « trop mignons », ses petits bouts de choux. Appréciation d'autant plus facile qu'ils ne les ont pas en charge toute la journée. S'ils savaient que derrière ces figures d'anges se cachent des enfants pénibles, râleurs, jamais contents, qui vous sollicitent sans arrêt pour un petit rien !

Dès l'instant où l'enfant arrive, dites-vous bien que votre vie à vous s'arrête. Désormais, vous vivrez et respirerez pour ce petit être tant attendu. Finis les sorties improvisées, les week-ends décidés au dernier moment. Non, car à présent, il faut tout prévoir. On ne fait rien sans remplir le coffre (poussette, lit pliant, trois tonnes de couches et de lait en poudre, les jouets, les kilos de vêtements de rechange, les doudous) et ça, c'est quand vous n'en avez qu'un ! Le cas échéant, vous multipliez tout ça par le nombre de petites têtes d'anges !

Être maman, c'est gérer, anticiper, prévoir. Les mamans sont des professionnelles de l'organisation. Il faut penser à tout : lingettes, serviettes, mouchoirs, gâteaux, briques de jus de fruits… ces petites choses qui n'ont l'air de rien mais qui peuvent vous pourrir la vie car, si par malheur vous en oubliez une, vous pouvez être sûr que cette petite chose oubliée va devenir en un rien de temps le matériel le plus indispensable qui puisse être pour éponger la catastrophe qui ne manquera pas de se produire.

C'est toujours comme ça. Alors on s'organise non pas pour être bien, mais pour ne pas être prise au dépourvu entre crises d'hystérie et tempêtes de larmes ! Tel un pompier, la maman doit pouvoir accourir à tout moment à la moindre braise pour prévenir l'incendie.

Les futurs parents ne s'y attendent pas, car personne ne leur dit. Tout le monde ment. Connaissez-vous beaucoup de parents qui vont dire que leur vie est devenue un enfer depuis qu'ils ont eu leur rejeton ? Bon un peu d'exagération ? Pas sûr, regardez autour de vous, ne vous focalisez pas sur les enfants modèles. Partout vous verrez des enfants qui courent et des parents débordés qui ne savent plus où donner de la tête. Ils vont tous vous dire qu'ils ont des enfants parfaits.

Alors, pourquoi les aimer autant ? Parfois, Anna se demande si elle n'est pas un peu maso.

Non, ce n'est pas du masochisme. Un « bonne nuit maman je t'aime » suffit, en une seconde, à effacer le souvenir d'une journée de galère. La voilà, la recette. C'est ainsi qu'ils nous tiennent. L'amour.

Personne d'autre ne vous dira que vous êtes « la plus belle des mamans entre toutes les mamans ». À défaut d'avoir le temps de vous maquiller, votre enfant est votre miroir le plus flatteur, celui qui vous dira toujours que vous êtes parfaite.

Bon, Laure les trouve mignons, c'est un beau début. Elle leur explique la maladie de sa maman avec des mots simples et les emmène dire bonjour.

Geneviève, à leur arrivée, est assise comme d'habitude, muette, le regard rivé sur une photo de bébé. Pas un signe d'attention pour les visiteurs, pas un mouvement.

Elle semble figée, comme une pierre pétrifiée, c'est à peine si on la voit respirer.

Les filles, effrayées par cette grande dame toute sèche, n'osent pas s'avancer.

Petit Pierre, lui, qui n'a rien compris aux explications de Laure, s'approche sans crainte en fixant la vieille dame avec circonspection. « Pourquoi elle bouge pas la dame, maman ? ». Les deux adultes s'apprêtent à écourter la visite pour ne pas perturber les enfants. Mais Petit Pierre ne l'entend pas de cette oreille.

Il se plante curieusement devant la vieille dame et lui prend la main. Puis de sa petite voix il lui lance : « Tu viens pomener (il a toujours un problème avec les r) avec nous madame, allez viens ! » et il la tire vers lui. Il ne lui demande pas son avis, elle doit venir c'est tout.

C'est alors qu'un petit miracle se produit, oh tout petit ! La vieille dame baisse les yeux sur cet étrange petit bonhomme aux cheveux blancs ; elle le regarde un moment puis se lève et le suit.

Les deux femmes sont stupéfaites. Geneviève suit docilement le petit garçon et, même si elle ne parle pas, elle semble écouter son babillage enfantin.

Tous ensemble, ils se dirigent vers la petite maison, Petit Pierre, sautillant, accroché à la main de Geneviève.

Lorsque Petit Pierre lâche la main de la vieille dame, les deux petites filles lui prennent spontanément chacune une main et poursuivent naturellement la visite avec elle.

Alors, elles expliquent à la vieille dame comment sera leur future chambre et babillent sans arrêt. Oh ! il n'y aura pas de miracle, Laure le sait. Sa maladie dégénérative ne se soigne pas, mais le fait de voir sa maman réagir, marcher et suivre du regard les enfants est un miracle inespéré. Depuis des semaines qu'elle fixait le mur sans bouger, c'était devenu effrayant.

Les enfants semblent l'avoir, peut-être momentanément mais, qu'importe, sortie de son isolement. De la tour d'ivoire où elle était enfermée.

Du coup, Laure tient à ce qu'Anna revienne dès le lendemain, et avec les enfants. Elle se dit qu'un peu d'animation dans cette demeure déserte fera du bien à tout le monde, même à elle, qui ne voit jamais personne à part sa mère et les livreurs de repas.

Les enfants sont enchantés, leurs yeux brillent comme des petites lunes. Le domaine est grand et ils vont pouvoir bouger et crier sans que cela ne dérange personne. Les filles demandent déjà l'autorisation d'apporter leurs jouets dans la maison. Autorisation accordée immédiatement par Laure qui remet les clés de la maison à Anna. Le bail sera signé dès que les papiers et les peintures seront finis.

Le rêve devient réalité. Elle l'a, sa petite maison. Soudain, un sentiment de honte l'envahit quand elle pense au petit être qui grandit dans son ventre. Honte de mentir, en cachant la vérité à sa bienfaitrice, à celle qui lui veut du bien.

Elle refoule ses sentiments et s'applique à garder un visage joyeux et serein.

Elle sait que ce n'est pas bien mais tant pis, pour une fois, elle d'abord, ce n'est pas si souvent après tout.

Plus tard les remords, on verra bien !

Toute la petite famille assiste la vieille dame qui mange seule. Enfin, seule est un bien grand mot. Petit Pierre assis sur ses genoux lui donne la becquée comme à un bébé. Il lui enfourne des petits morceaux de crêpes salées dans la bouche en lui disant : « mange, madame, c'est "Krop" bon ». Et la vieille dame, qui jusqu'à présent ne mâchait même plus, avale ses portions avec docilité. Elle semble même y prendre un certain plaisir.

À la fin de la journée, Laure voit partir la petite famille avec regrets, mais c'est promis, ils reviendront demain passer l'après-midi avec Geneviève.

Ce petit intermède lui fait du bien, à elle aussi.

Les deux jours suivants se passent de la même façon. Anna conduit les enfants chez Laure et Geneviève et tout le monde y trouve son compte. Laure qui peut travailler sans s'occuper de sa maman, Anna qui commence son travail auprès de la vieille dame, les enfants qui s'épanouissent et Geneviève dont l'état de santé physique et mental semble évoluer favorablement.

Et Jean dans tout ça ?

Il est ravi, tout se déroule à merveille. Plus qu'un jour avant d'emmener les enfants en vacances chez leurs grands-parents. Le temps que le déménagement se fasse, ils ne seront que deux dans l'appartement, Anna et lui. La vie avec sa sœur est tout à fait supportable.

Mais tout ne se déroule pas toujours comme prévu…

Le jour du départ, Anna entasse les enfants qui pleurnichent un peu, les bagages et les jouets dans la voiture de Jean et leur fait un gros bisou avant de les voir partir pour Genlis.

Elle a le cœur serré mais elle sait qu'ils seront bien chez leur mamie et leur papy, beaucoup trop gâtés même, mais tant pis car cette parenthèse va lui permettre de commencer, sans pression aucune, son travail auprès d'Odette et de Léon.

Elle aura le temps de prendre ses marques.

Jean ne reviendra que le lendemain de Genlis où il passera la nuit. Toute la journée, elle se détend avec Rose qui lui fait visiter le quartier. Et les boutiques ! Elle en profite pour racheter des vêtements aux enfants pour la rentrée. Elle se fait plaisir, dépense de l'argent, mais bon ça fait un bien fou ! Une journée de pause dans cette course folle. Une journée d'oubli dans sa vie de maman et de veuve. Elle se sent belle, elle se sent femme, elle se sent reine. Reine d'un jour. Son jour.

Elle se paye même le luxe d'un restaurant avec Rose qui est maintenant devenue sa grande amie. L'excentrique Rose sur qui on peut toujours compter en cas de pépin.

Elle s'endort tôt, satisfaite, l'âme légère, sans a priori, épuisée par cette journée cocooning. La première pour elle, rien qu'à elle depuis le décès de Nicolas.

Début de nuit paisible interrompu par une clé dans la serrure et des hurlements stridents d'enfant. Son enfant.

Émergeant avec peine d'un sommeil paradoxal, elle voit entrer son frère avec Petit Pierre dans les bras hurlant « maman, je veux maman ». Son visage est blême, à la limite de l'évanouissement. Dès qu'il aperçoit sa mère, ses hoquets s'arrêtent immédiatement. Il se love dans ses bras comme un bébé koala, sanglotant et reniflant, tellement attendrissant dans sa peine. Il s'endort dans l'instant.

Une fois le petit couché, Anna et Jean se retirent dans la chambre pour discuter. Son frère lui raconte alors ses tribulations.

Le trajet jusqu'à Genlis s'était pourtant très bien passé. Les enfants étaient sages, regardaient des dessins animés sur le lecteur portable.

Les filles ont couru vers leurs grands-parents dès qu'elles sont arrivées, heureuses de les retrouver.

C'est là que Petit Pierre s'est soudain rendu compte que maman ne les rejoindrait pas. C'est là que la crise de panique a démarré. Il a commencé par geindre, puis hurler sans discontinuer à tel point qu'il n'arrivait plus à respirer. Son visage devenait tout bleu. Les adultes ont pensé que ça allait passer, mais comme rien ne s'arrangeait, ils ont appelé un médecin.

Le diagnostic du docteur a été sans appel. Crise d'angoisse. Il était trop tôt pour séparer cet enfant de sa maman après une si terrible épreuve. Il fallait le ramener à sa mère au plus vite.

Dans l'urgence, pour calmer la crise, le médecin lui a prescrit un calmant adapté à son jeune âge, et Jean s'est empressé de faire la route en sens inverse pendant que le petit dormait.

Malheureusement, le médicament a cessé d'agir une vingtaine de kilomètres avant l'arrivée et Petit Pierre s'est alors remis à hurler.

C'est la douche froide pour Anna, elle qui devait commencer chez Odette et Léon dès le lendemain. Comment faire ? Jean travaille, Rose est partie en vacances il y a une heure. Elle prenait le train juste après leur séparation. Personne pour garder le petit.

Après avoir en vain retourné le problème dans sa tête, Anna ne voit qu'une seule solution : emmener Petit Pierre chez Odette et Léon en attendant de trouver un mode de garde. Et là, ce n'est pas gagné.

La nuit d'Anna, qui avait si bien commencé, finit agitée. Craintive, elle ne parvient plus à trouver le sommeil, ne sachant pas à quelle sauce elle va être mangée le lendemain.

Lorsqu'elle arrive chez les deux petits vieux le matin suivant, le moins que l'on puisse dire est qu'ils sont très étonnés de la voir débarquer avec l'enfant. Anna se confond en excuses, explique qu'elle n'a pas le choix, leur assure que ce n'est que temporaire, le temps pour elle de trouver une solution de garde.

Mais Petit Pierre est tellement attendrissant que Léon accepte aussitôt. Odette, d'abord plus réticente, finit tout de même par céder. Après tout, on peut bien être solidaires entre femmes (et mères), et puis ce n'est que pour quelques jours.

Petit Pierre a l'air d'avoir compris que celle qu'il fallait qu'il mette dans sa poche, c'est la vieille dame. Il la suit partout avec ses grands yeux clairs apitoyant et, quand elle a besoin de quelque chose, il lui tend avant même qu'Anna ne réagisse. Elle fait tomber sa fourchette, il lui ramasse, elle demande un verre d'eau, il court lui chercher. Bon, il y en a plus par terre que dans le verre. Alors, la vieille dame, attendrie, finit par dire à Anna, lorsqu'ils s'en vont, qu'elle peut le ramener tant qu'elle n'aura pas trouvé de mode de garde. Léon lui lance un clin d'œil amical avant de partir. La partie est gagnée !

Même scénario chez Laure et Geneviève. Petit Pierre se démène tant qu'il peut pour se faire accepter. Anna est stupéfaite. Comment un enfant si petit (il n'a que deux ans et demi) peut-il se rendre compte de la situation embarrassante dans laquelle se trouve sa maman ?

Geneviève accepte très bien l'enfant et semble même le comprendre lorsqu'il mange ses mots (il est encore petit). Elle hoche la tête quand il lui demande si elle veut un Tateau (comprenez un gâteau).

C'est en tout cas un Petit Pierre épuisé qui ce soir-là s'endort – c'est le cas de le dire – comme un bébé.

Anna le suit de près, non sans avoir au préalable appelé ses petites princesses qui lui manquent beaucoup. Les filles sont en pleine forme et toujours ravies d'être chez leurs grands-parents.

Rassurée par la tournure des évènements, la jeune maman (et future maman) s'endort, la main posée sur son ventre en un geste protecteur.

Le lendemain, Petit Pierre se jette spontanément dans les bras d'Odette et s'installe derechef sur ses genoux. Il lui montre son doudou Pika et lui raconte des histoires.

La vieille dame a d'abord un mouvement pour faire descendre l'enfant, mais trop tard, elle est accro. Elle ne peut déjà plus s'en passer.

Léon est ravi car sa femme s'enfermait un peu trop dans sa maladie. Il se dit que cet enfant va peut-être la sortir de son isolement. Et c'est exactement ce qu'il se passe, de la même façon qu'avec Geneviève.

Lorsqu'Anna leur annonce qu'elle doit voir une nounou en sortant de chez eux quelques jours plus tard, la vieille dame se perd en imprécations contre Anna. Pourquoi emmener ce pauvre petit chez une femme qu'il ne connaît pas alors qu'il est si bien ici ? Il lui rend service d'ailleurs, tiens il vient de lui ramasser son mouchoir ! Et puis est-ce qu'on cherche à lui briser son cœur à elle ? Décidément, Petit Pierre a gagné, il passera ses vacances avec sa maman, Léon et Odette.

Et c'est le même refrain chez Laure qui s'est complètement entichée du petit à tel point que lorsqu'Anna arrive pour s'occuper de Geneviève, elle emmène d'emblée Petit Pierre avec elle pour se promener. « Il faut bien faire prendre l'air à cet enfant ! ». On se demande bien qui va prendre l'air ?

Tout va bien dans le meilleur des mondes, non ?

Pas tout à fait !

L'ombre de l'enfant à venir plane déjà sur sa vie.

Ce n'est pas juste un petit problème car non seulement, elle va être gênée par son gros ventre pendant son travail (bon, elle peut continuer à venir sans prendre de congés maternité), mais il faudra bien aussi qu'elle s'arrête à un moment.

Et après le bébé sera là. Que faire alors ? Trouver une crèche ou une nounou toute la journée ? Sa paie va y passer. C'est impossible. L'emmener avec elle au travail va la gêner considérablement et l'empêcher de faire ses tâches dès qu'il faudra s'occuper de l'enfant.

Elle cherche des solutions, mais n'en trouve aucune.

Et puis, elle n'a encore rien dit. Plus les jours passent et plus Anna se sent coupable. Elle sait qu'il faudra l'annoncer à tout le monde.

Déjà, elle ne peut déjà plus fermer ses pantalons.

C'est décidé : elle le dira d'abord à Laure, avant de signer le bail de la maison. Après tout, pourquoi emménager si cette dernière ne veut plus d'elle après la nouvelle ?

C'est pendant que Petit Pierre et la vieille dame font la sieste un après-midi fin juillet qu'elle frappe à la porte du bureau de Laure.

Comme c'est inhabituel qu'Anna la dérange, Laure comprend qu'il se passe quelque chose.

La jeune femme lui avoue alors attendre un enfant, tout en lui cachant qu'elle le sait depuis un mois. Elle bricole, lui raconte qu'elle vient de l'apprendre et qu'elle pensait que ses absences de règles étaient le résultat d'un stress post-traumatique. Elle comprendrait que Laure ne veuille plus la garder. Le regretterait, mais comprendrait. Elle lui dit bien sûr tout cela tout en espérant le contraire.

Evidemment, Laure est éberluée et perturbée. Elle n'avait pas prévu cela. Sous le choc, elle lui demande un temps de réflexion.

Anna repart très anxieuse vers Geneviève et son fils.

À la fin de la journée, Laure a déjà pris sa décision, elle ne gardera pas Anna. Un bébé c'est un poids, ça fait du bruit, cela demande du temps. Mais alors qu'elle arrive vers la chambre de sa maman, elle entend rire. Elle jette un œil et ce qu'elle voit la cloue sur place. Petit Pierre est debout et fait le clown devant la vieille dame qui glousse et applaudit. Anna ne lui avait rien dit, mais depuis quelque temps la vieille dame réagissait à beaucoup de stimuli extérieurs.

Elle n'a plus vu sa maman avec les yeux aussi rieurs et les joues aussi roses depuis longtemps.

Non, elle ne peut laisser partir cette famille qui a su réinsuffler la vie dans le cœur et l'esprit de sa mère.

Geneviève risque de dépérir à nouveau s'ils partent et ça, elle ne le veut pas.

Anna, qui l'a aperçue, la regarde avec gravité. Petit Pierre court alors vers elle et entoure ses jambes de ses petits bras, ce qui fait sourire tout le monde, même Geneviève.

Elle réalise dès lors que cette famille est devenue la sienne, aussi. Elle qui n'a pas d'enfants a fini par s'attacher à ces petits bouts.

D'un simple signe de la tête, elle fait comprendre à Anna qu'ils resteront ici. Ils feront tous une place au petit être qui va arriver, fille ou garçon.

On s'arrangera au moment de l'accouchement. Elle pense à tout ça comme si c'était naturel, que cela allait de soi.

Anna a un gros poids en moins lorsqu'elle fait le trajet du retour jusque chez Jean qui accueille la bonne nouvelle avec joie. Ce week-end, elle va emménager dans sa petite maison. Il ne lui restera plus qu'à annoncer sa grossesse à Odette et Léon.

Advienne que pourra !

Le déménagement se passe sans encombre, Jean a sollicité nombre de ses amis pour lui prêter main forte. Les meubles d'Anna qui se trouvaient en garde-meubles remplissent très vite la petite maison. La chambre des filles est installée en deux temps trois mouvements, lits montés et tout rangés.

Il y a trop de meubles, tant pis : que ceux qui sont venus aider en profitent. Et chacun de repartir qui avec une table basse, qui une chaise, qui de la vaisselle (pas besoin de quatre services à café, pour quoi faire ?).

Jean a tout prévu, la salle est séparée par un paravent qui cachera le lit d'Anna et les enfants seront répartis dans les deux chambres, filles dans l'une, garçon dans l'autre.

Pour le futur bébé, on verra plus tard. Chaque chose en son temps.

Jean le bienveillant a tellement bien fait les choses que le frigo est plein, et que les placards débordent de réserves alimentaires. Il a sollicité toutes ses collègues féminines qui ont fait le tri des armoires de leurs enfants, ce qui fait que des cartons entiers de vêtements et de jouets s'amoncellent dans la chambre des filles. Anna triera et elle donnera le surplus à une association. Rien ne sera jeté. Il y a tellement de misère partout !

Emue aux larmes, Anna ne sait pas comment remercier tout ce monde.

Rassérénée, le cœur empli d'espoir, elle s'apprête à annoncer la nouvelle du bébé à Léon et Odette.

Malheureusement, pour ces derniers, la pilule ne passe pas aussi facilement que pour Laure.

Contre toute attente, c'est Léon qui montre le plus d'appréhension. Il craint que le bébé ne soit un problème dans l'organisation si bien rodée qu'ils ont mise en place. Non, il s'excuse mais ils vont chercher quelqu'un d'autre. Il ne demande même pas son avis à Odette qui est mise devant le fait accompli et qui n'ose plus rien dire.

Il leur sera facile de lui trouver une remplaçante. Des personnes en recherche d'emploi, il y en a beaucoup à Paris.

Anna a le cœur gros au moment de leur faire ses adieux. Toutefois, elle ne leur en veut pas. C'est le juste retour du bâton, elle leur a menti, elle en subit les conséquences. Il va falloir qu'elle trouve un autre complément de ressources, et un mode de garde pour Petit Pierre. Elle ne peut arriver chez un nouvel employeur avec son fils.

Heureusement, Rose est rentrée de vacances. Dans l'intervalle, elle pourra le garder en cas d'urgence jusqu'à ce qu'elle-même trouve du travail. Or, pour cela, elle ne semble pas trop pressée.

Elle est devenue plus qu'une amie pour Anna, une confidente, une sœur. Et Anna s'est bien aperçue que Jean regardait souvent Rose d'une drôle de façon. Ne serait-il pas en train de développer pour elle des sentiments amoureux ? Anna n'y verrait aucun inconvénient, en tout cas.

Les jours passent et malheureusement Anna ne trouve rien de vraiment concluant. Il va pourtant falloir qu'elle trouve un autre complément de revenus. Les vingt heures chez Laure et les quatre heures chez le jeune couple de trentenaires ne lui permettent pas de joindre les deux bouts.

Jusqu'à ce coup de fil !

Un appel de Léon, qui lui demande si elle peut passer le lendemain rendre visite à Odette qui se languit de Petit Pierre. Bien sûr qu'elle peut, elle aime bien la vieille dame et même si elle ne travaille plus pour eux, une visite fera du bien à tout le monde. Surtout que Petit Pierre n'arrête pas de réclamer sa mamie « Dèdette ». Il ne comprend pas, lui, pourquoi il ne peut plus y aller tous les jours.

Lorsqu'elle sonne à la porte, c'est Léon qui vient ouvrir. Il les conduit tous deux à la chambre d'Odette.

Anna est très choquée lorsqu'elle s'approche de la vieille dame. Elle a beaucoup maigri et n'a plus de lumières dans les yeux. Toute vie s'est éteinte. On dirait qu'elle attend la mort. Que s'est-il passé ?

Léon la prend à part et lui explique que le fait de ne plus voir le petit l'a peu à peu murée dans le silence. Elle a perdu l'appétit, et n'a plus goût à rien. Il la supplie de revenir et de lui pardonner le fait de l'avoir renvoyée. Voir sa femme adorée dépérir comme ça le rend malade, et c'est vrai qu'Anna a vu qu'il a pris un sérieux coup de vieux si l'on peut dire à son âge.

Petit Pierre, que la conversation ennuie, s'est glissé en cachette dans la chambre de sa mamie « Dèdette ».

Et lorsque les deux adultes se rendent à leur tour dans la chambre de la vieille dame, ils trouvent le petit lové dans les bras de sa mémère qui le couve du regard. Il s'est endormi. Elle regarde son Léon et d'une voix qui se veut sévère et douce à la fois, elle lui dit : « Je te préviens s'ils ne restent pas, je demande le divorce »

Tout le monde éclate de rire.

Anna a retrouvé son travail. Soulagée, elle prend une profonde inspiration pour se remplir les poumons de cet air positif. Plus de bricolage, à présent. Plus de reprisage, plus de rafistolage. Finie cette vie vécue au jour le jour à dans l'urgence du quotidien, à essayer de réparer les dégâts du passé dans la crainte du lendemain.

Enfin, elle peut commencer à se projeter dans un avenir serein.

Chapitre 6
Une femme a la manœuvre

Béatrice

Sixième mois de grossesse, le plus gros des galères derrière elle. Entre nausées, fringales nocturnes, crises de larmes incontrôlables, prise de poids tout aussi immaîtrisable… La courbe avait fini par afficher une croissance à deux chiffres, la balance… non, elle ne se pesait plus. Elle n'osait même plus se regarder dans la glace, avait l'impression d'être face à un miroir grossissant et déformant, mais c'était toujours le même, ce qui était tout de même très perturbant.

Sébastien essayait d'apaiser ses tourments : « ma chérie tu exagères, c'est un très joli ventre rond de femme enceinte, c'est beau », mais Béatrice vociférait « non, je n'exagère rien, ce n'est pas juste un ventre de femme enceinte, ça, c'est de la graisse, la graisse qui prend ses droits partout, même sur mes hanches, il n'est pourtant pas là si bas le bébé ». Elle aurait voulu diriger toutes les calories avalées à un seul endroit (il ne mange rien ce bébé, ou quoi ?), ou les donner à Sébastien, tiens, lui qui n'a même pas pris un gramme. Il paraît que certains papas en devenir prennent du poids aussi. Les hommes devraient tous se montrer solidaires, ils comprendraient !

À présent, elle se torture un peu moins. Pour atténuer les effets indésirables de ce cadeau du ciel, elle s'est inscrite à la piscine et elle se tient à ses séances matinales, deux fois par semaine.

À sa grande surprise, ces nages lui font le plus grand bien et elle se rend compte des bienfaits du sport non seulement sur son corps devenu plus ferme mais également sur son moral. Quand elle sort de l'eau, elle se sent aussi gracieuse qu'une naïade, bien qu'elle soit serrée dans ce maillot une pièce qu'elle partage avec son bébé.

Elle s'est habituée à ces petites attentions de Sébastien, a fini par y trouver son intérêt. Ce qui était au départ une contrainte, est devenu un avantage et elle profite avec aisance de la prévenance des gens autour d'elle, qui la traitent non pas comme une femme engrossée, femelle condamnée par l'utérus, mais qui lui montrent au contraire un chaleureux respect.

Dans le métro, elle est toujours assise, désormais, les gens qui usuellement se ruent sur les fauteuils disponibles se battent pour lui laisser leur place, jeunes ou moins jeunes, certains s'insurgent même si l'on ne réagit pas assez vite.

« Non mais vous êtes borgne ou quoi ? Vous voyez bien qu'elle est enceinte, non ? »

Béatrice se sent légitime, à sa place, parce qu'elle porte l'enfant, l'enfant qui s'éveille à la vie à travers elle, au chaud dans l'amnios sous la poche des eaux, la peau recouverte du lanugo protecteur, nourri par le placenta, petit bout de bébé protégé par le corps de sa mère rempart contre le monde extérieur. Légitime et fière, dans sa vie de mère.

Légitime et fière dans sa vie de femme d'affaires, elle participe aux réunions du comité de direction à présent, arborant sans gêne ce ventre qu'elle caresse discrètement en prenant part aux débats avec conviction et véhémence. Deux êtres en un, deux personnes pour une seule voix. Outre le directeur général, le comité est composé de six personnes, les directeurs des deux marchés que sont le marché de la clientèle commerciale – son futur crédo, et le marché des particuliers, la directrice des ressources humaines, la directrice financière, le directeur des achats, et le directeur de la responsabilité sociale et environnementale. Quatre hommes pour deux femmes. L'arrivée de Béatrice établit la parité. Pour la première fois de son histoire, d'ici six mois, HERIGIE comptera un comité de direction mixte.

Les comités sont passionnants. Le directeur général expose les enjeux de l'entreprise, dresse un état des lieux de la situation, interroge les membres sur les moyens mis en place pour y parvenir, chacun échange ses impressions, ses idées, on tombe d'accord sur un plan d'action ou on tombe en désaccord et on ne fait rien mais dans tous les cas, personne ne fait rien sans l'accord de la direction.

On réfléchit. On réfléchit pour que ceux qui sont sur le terrain agissent dans les meilleures conditions possibles pour atteindre les objectifs fixés par le Groupe.

Chaque directeur est maître en son domaine, dans la limite de ses attributions et de ses missions, toute décision nouvelle devant faire l'objet d'une approbation devant le comité de direction. Alors, lorsqu'une idée nouvelle émerge, il faut préparer son dossier, réunir toutes les pièces, étudier toutes les éventualités possibles, anticiper les objections, blinder sa présentation pour convaincre et persuader l'auditoire de mettre les moyens sur ce projet commun. L'échec n'est pas un drame, la direction encourage l'innovation dans un monde qui bouge et n'attend pas, il faut toujours garder une longueur d'avance et cette avance vient des idées nouvelles. Il faut oser, mais il faut oser de manière réfléchie, structurée, en gestionnaire responsable. Un échec lié à une erreur d'orientation stratégique est excusable, un échec imputable à une erreur qui aurait pu être évitée reste un drame, et là c'est plus délicat.

Chacun est maître sur son marché mais personne, non personne, ne décide seul. Les directeurs sont à la fois décideurs au sein du collège et exécutants à leur niveau. Alors, comme les choses bougent beaucoup dans une entreprise, les comités sont fréquents, quatre, cinq parfois six par semaine, l'équipe appelle ça la « comitologie ». Cette réunionite aiguë pour le moindre bibelot déplacé crée des tensions parfois, des frustrations souvent. Certains projets ne voient jamais le jour : de l'énergie dépensée pour rien pour celui qui a défendu son plan, et qui va bouder quelque temps, jusqu'à sa prochaine idée.

Béatrice partage l'avis de son patron. Comme lui, elle croit au potentiel de cette gamme de produits fraîchement ajoutée au catalogue. Le nombre de rendez-vous qu'elle a pris aux côtés de Bertrand dépasse toutes ses prévisions. Désormais, elle ne peut plus assurer elle-même ses déplacements mais son collègue a pris le relais, ce collègue qu'elle a formé à ses méthodes et qui rencontre sur le terrain un succès inespéré. Victime de ce succès, Bertrand fait des heures pas possibles, commence à être dépassé. Béatrice fait du recrutement d'un responsable commercial une de ses priorités.

Elle en parle au comité de direction, qui lui donne immédiatement carte verte pour son remplacement, charge à elle de travailler avec Magalie, la directrice des ressources humaines, pour trouver le bon profil. Mais Béatrice a déjà sa petite idée.

Le midi même, elle déjeune à l'extérieur, avec Magalie, une petite femme ténue, la cinquantaine, discrète et très posée.

Bien sûr, les deux femmes, qui se connaissent à peine, se tutoient. Entre membres du comité de direction, la familiarité est permise. Elle est même de mise. On se bise, on se tape sur l'épaule, on se taquine, on se charrie. Tous ces gens qui lui paraissaient intouchables, lointains, inaccessibles, presque séraphiques il y a quelques mois sont désormais ses principaux points d'entrée.

Elle a encore du mal à réaliser.

— Tu sais, Magalie, j'ai bien réfléchi, et je me dis que nous pourrions peut-être faire évoluer quelqu'un en interne. Après tout, le marché du mobilier connecté se développe tellement vite qu'il me paraît risqué de recruter un profil externe auquel il faudra tout apprendre. On n'a pas le temps. Et si je ne surfe pas sur la vague qui se présente, j'ai peur de ne pas en retrouver d'aussi belle avant longtemps.

Silence. Magalie, coupe au carré stricte, lèvres pincées et regard sourcilleux, est plus conciliante qu'elle n'en a l'air.

— Tu as probablement raison. J'ai moi-même des objectifs de promotion interne et de formation. Tu penses à quelqu'un en particulier ?

— Mon adjointe.

— Elle n'a pas le profil d'un commercial grand compte.

— Non, ni le profil ni les qualifications, et elle ne pourrait pas se déplacer, compte tenu de sa situation personnelle.

— Tu penses à autre chose, n'est-ce pas ?

— Oui. Pour ce poste, il me faut un chasseur, et une personne charismatique. Le marché des professionnels, historique, est un peu vache à lait. Il me semble que Saïd, vu son profil, n'est pas à la bonne place. Son aisance commerciale est impressionnante, c'est un homme de réseau, et j'ai eu vent de sa frustration…

— Ah, oui ! Ne m'en parle pas. Quelle histoire ! Aymeric s'était mis en tête de créer un poste de responsable du marché des professionnels pour piloter les commerciaux mais Patrick s'y est opposé, considérant que ce marché n'était pas une priorité, que l'accent devait être mis sur le développement. Le problème, c'est qu'Aymeric, qui a tendance à s'emballer un peu vite, avait déjà vendu le poste à Saïd.

— Aïe. Ce marché historique est devenu une vache à lait, en effet, mais je pense que son idée était plutôt bonne, il aurait pu déléguer le pilotage d'un marché vache à lait et consacrer son énergie à faire du dilemme, une étoile. Enfin, le mec a dû être sacrément frustré !

— Le mot est faible, il était à deux doigts de claquer la porte.

— Oui. La performance, c'est trouver le bon équilibre entre la prise de risque, qui mobilise des qualités de discernement, et la pérennisation des intérêts acquis, c'est le sacro-saint couple risque/rentabilité. Lorsque Aymeric sera DG, je lui ferai valider son idée.

— Excellent !

Magalie lève son verre d'un geste approbateur.

— Trinquons aux idées fraîches !

Tintement des verres et sourires jusqu'aux oreilles. Les deux femmes puissantes échafaudent leur plan, un plan visionnaire et humain, en phase avec leurs valeurs et leurs ambitions personnelles, pas si éloignées l'une de l'autre finalement.

— Voilà l'idée : mon adjointe est une personne franche et dévouée à son travail, sur laquelle je peux compter. Je récupère Saïd, je fais monter un junior sur son poste et je place mon adjointe sur le poste du junior. C'est une femme forte, une valeur sûre qui passe très bien avec les clients, elle n'est pas très mobile, mais elle fera une très bonne commerciale sédentaire.

— Et Saïd s'épanouira dans un nouveau poste avec une revalorisation à la clef.

— Changement de classification ?

— Ce n'est pas si simple, mais je vais essayer.

— Dans mon équipe, je ne veux que des classes K.

— Je comprends. Il n'y a plus qu'à.

Le lendemain, Béatrice convoque Adeline dans son bureau. La jeune femme se montre moins volubile, l'annonce de la nomination de sa supérieure hiérarchique qui est déjà quasiment sa N+2 a mis une certaine distance entre elles deux, une distanciation naturelle, ce qui n'est pas du tout négatif, au contraire, les gens aiment bien mettre de l'ordre dans leurs rapports sociaux, il leur faut des modèles et les modèles doivent avoir quelque chose d'inaccessible, les amis ne peuvent pas être des modèles.

Béatrice le sait bien mais il n'y a pas lieu d'arrêter de se tutoyer.

Annonce de la proposition. Stupéfaction de l'intéressée, qui reste coite.

— Tu n'es pas obligée d'accepter tout de suite. Tu peux prendre quelques jours pour réfléchir ?

Il ne faudra à Adeline que quelques secondes.

— C'est une promotion ? Avec une augmentation ?

— Une belle augmentation, et une classification H.

— Cadre ?

— Bien sûr, il faudra valider le cursus en interne.

— Mais, tu crois que j'en suis capable ?

Encore ce foutu syndrome de l'imposteur que les femmes se traînent comme un boulet.

— Je travaille avec toi depuis des années. Je peux t'assurer que non seulement tu as les compétences requises pour occuper ce poste mais qu'en plus, ta personnalité rigoureuse va apporter un peu de cadre à une équipe qui a tendance à partir dans tous les sens. Tu as beaucoup de choses à apprendre des autres sur le plan pratique, ils apprendront de toi sur le plan comportemental.

— Waouh ! Je ne savais pas que tu pensais ça de moi. Je crois que j'ai du mal à réaliser ce qu'il m'arrive.

— Dois-je prendre cela pour un « oui » ?

— Oui.

Quelle journée ! Elle a l'impression de n'avoir rien fait et pourtant elle a tellement fait ! Comme c'est étrange de passer sa journée à parler.

Sur le trajet du retour, elle se demande, toutefois, si elle n'a pas fait la même erreur qu'Aymeric : annoncer une promotion avant la nomination du patron !

Angoisse. Stress. Elle se ronge les sangs. Mon Dieu ! À tous les coups, c'est une bourde. L'erreur du débutant.

Elle n'en dort pas, se tourne et se retourne mille fois mais ne peut pas prendre de cachet. Pas bon pour le bébé. Sébastien, lui, dort comme un loir. Ses agitations ni ses lamentations ne le réveillent, aucune réaction. Pire : il ronfle. Les hommes n'ont pas les mêmes problèmes !

Le lendemain, tête du matin et mauvaise humeur. Elle change trois fois de tenue. La robe blanche, non, la grossit trop, le tailleur bleu, non, trop chaud elle va transpirer.

Sébastien perçoit son angoisse mais il se garde bien de faire une remarque, sent que ce n'est pas le moment.

D'elle-même, elle aborde le sujet qui la tracasse au moment du petit-déjeuner.

— Tu vois ton patron aujourd'hui ?

— Je vois Aymeric, à quinze heures. Il n'est presque plus mon patron, tu sais.

— Pourquoi est-ce qu'il ne validerait pas son idée ? Il se contredirait.

— Oui, tu as raison, mais il n'empêche que j'aurais dû attendre avant de me précipiter. Il va falloir que j'apprenne la patience, et la diplomatie.

— L'hubris.

— Le quoi ?

— L'hubris, la démesure. Le pouvoir provoque l'arrogance. Ce sont des choses qui sont étudiées depuis la Grèce antique.

— Ça y est, tu fais ton schtroumpf à lunettes !

— Non, c'est vrai, ma chérie. Le management juste, c'est l'usage du pouvoir en toute bienveillance.

— Continue.

— Tu vois que ça t'intéresse ! Le pouvoir est nécessaire pour asseoir sa crédibilité, susciter l'admiration et créer la confiance, base de l'adhésion, mais il faut faire attention à ne pas se laisser emporter par l'hubris, savoir se remettre en question, s'appuyer sur des tiers de confiance.

— La sagesse, le management responsable et bienveillant.

— Tes équipes ont de la chance.

— Pourquoi tu dis ça ? Tu rigoles, il va falloir que je fasse des efforts. Moi qui suis très exigeante envers moi-même, je vais devoir apprendre à faire preuve de patience et de tolérance, tout le monde n'avance pas au même rythme et tout le monde n'a pas les mêmes contraintes. J'ai souvent été oppressante sous la pression du stress, je le réalise, avec mes équipes, et avec toi aussi. Non, vraiment, je ne vois pas pourquoi tu dis ça.

— Parce que moi aussi, j'ai de la chance.

— Je t'aime.

— Cet après-midi, tu vas parler de ton plan à Aymeric qui ne pourra qu'approuver. Ce soir, nous fêterons cela autour d'un bon repas, nous irons dans un restaurant gastronomique et je m'assurerai au préalable que la carte comporte des plats goûteux et sains pour toi et le bébé.

— D'accord.

Il tâte discrètement la poche de sa veste posée sur le dos de la chaise haute pour s'assurer que la bague de fiançailles est bien à sa place.

Ce soir, il lui fera sa demande, et c'est lui qui doit gérer son stress, à présent.

Anna

Anna a reçu un appel de son avocat qui veut la rencontrer au sujet de la mort de Nicolas.

Il est vrai que justice ne se rend pas en un jour. Pourtant, le chauffeur du poids lourd va bientôt être jugé. Lorsqu'il s'agit de délits routiers, le traitement est plus rapide.

Me Richard a de nouvelles informations à lui communiquer. Un sujet de stress qui ressort à nouveau.

Dès le lendemain, elle confie donc Petit Pierre à Rose et va voir son avocat.

Anna est tendue, trouve que son avocat a l'air un peu embarrassé. Va-t-il lui annoncer une mauvaise nouvelle ? Les premières minutes de silence sont une mer de plomb.

Première avancée dans le dossier : l'assurance du conducteur du poids lourd a pris contact avec lui. Ils désirent traiter le problème de l'indemnisation due par leur groupe avec Anna.

Heureusement, dans cette affaire, le chauffard était assuré par son entreprise qui avait une très bonne couverture.

C'est plutôt une bonne nouvelle pour Anna. L'assurance lui offre cent cinquante mille euros de dommages et intérêts. Si elle accepte, ils lui seront versés dans le courant du mois. Cette indemnisation n'a rien à voir avec celle que devra lui verser le chauffard en compensation du préjudice subi. Pour ça, c'est le tribunal qui fixera la somme. Elle devrait être aussi conséquente.

Me Richard lui conseille vivement d'accepter l'offre qui lui est proposée. Bien sûr, elle pourrait refuser, et tenter d'obtenir plus, et probablement qu'elle obtiendrait plus, mais cela rallongerait le délai de plusieurs années.

Anna, qui a envie d'en finir au plus vite (chaque appel de son avocat remue le couteau dans la plaie) est d'accord pour signer au plus tôt.

Même si l'argent n'est pas ce qui lui importe dans cette histoire, la somme versée lui sera d'un grand confort à défaut d'être un réconfort.

Après avoir signé l'accord, son avocat lui tend une lettre.

« J'ai ici un courrier de la femme et de la fille de M. Leboeuf (le chauffard).

Vous n'êtes pas obligée de l'accepter.

Cette lettre m'a été transmise par l'avocat de ce monsieur.

Comme vous pouvez le constater, elle n'est pas décachetée.

Je ne sais pas ce qu'elle contient. Vous pouvez la refuser, la prendre et la lire plus tard ou me la rendre.

Que décidez-vous ? »

Après quelques instants de réflexion, Anna prend la lettre et la glisse dans son sac à main sans en dire plus.

La deuxième avancée, c'est la date du procès fixée à dans huit mois. Le bébé sera né d'ici là. Ce bébé qui ne connaîtra jamais son père. Anna informe son avocat de sa grossesse. Il s'en servira dans sa plaidoirie. Comme dans tout procès il faut apitoyer et là, pas de doute, ce sera le cas. Une femme qui se retrouve seule avec quatre enfants…

Anna aimerait aussi que ce bébé porte le nom de son père. Ce ne serait pas juste qu'il n'ait pas le même nom de famille que ses frères et sœurs.

Elle va donc lancer, avec son avocat, une reconnaissance en paternité posthume.

Le texte dit ceci :

— Si un père décède avant la naissance de son enfant sans l'avoir reconnu, il est possible de faire établir un lien de filiation entre les deux en engageant une action en possession d'état.

— La demande doit être faite dans un délai de 5 ans à partir du décès du père.

— Si les conditions de la possession d'état sont réunies, elle peut être reconnue par un acte de notoriété délivré par un notaire.

La procédure risque d'être un peu longue, car Nicolas n'était pas au courant de cette grossesse et personne n'en avait entendu parler. Il va falloir prouver que l'enfant est bien de lui.

Anna est prête à se battre corps et âme pour cet enfant et pour la mémoire de son défunt mari. C'est son enfant. Il doit porter le nom de son père.

Comment pourrait-il en être autrement ?

Elle sort du bureau de Me Richard, fatiguée, mais déterminée à obtenir cette grâce.

Elle avait presque oublié la lettre que son avocat lui a confiée, mais à présent, elle n'a plus que cela en tête. La pression retombée, l'obsession la traverse. Lasse, elle se dirige lentement vers un petit parc où elle se laisse tomber sur un banc.

Lentement, elle sort la lettre de son sac, l'observe. Que peut-elle bien contenir ? Des excuses, des regrets, sans doute. A-t-elle besoin d'entendre cela ? Est-elle prête à se faire violence ? Elle pèse le pour et le contre. D'un autre côté, n'est-ce pas une étape nécessaire pour tourner la page ? La lire ou la jeter ?

Par acquit de conscience, elle se décide finalement à l'ouvrir.

Découvre une longue missive manuscrite, d'une écriture saccadée. Des tâches sur le papier révèlent quelques larmes séchées.

Elle lit :

« Madame,

Je ne vous connais pas mais votre nom est le sujet de toutes nos conversations ces derniers temps.

Il faut que je vous parle un peu de Marc, mon mari, celui qui a détruit vos vies. La nôtre, aussi.

Je ne veux pas le défendre ici, il n'a aucune excuse pour avoir bu ce jour-là. Sachez quand même que mon mari n'est pas un alcoolique.

Ce jour-là, il fêtait le départ en retraite d'un collègue. Il a bu plusieurs verres et comme il n'a pas l'habitude de boire, il a vite été plus que grisé.

Si j'avais été là, je ne l'aurais pas laissé repartir et votre mari serait encore en vie.

Mais il était au travail, il a repris son camion, et il est reparti sur la route.

Pas un de ses collègues ne l'a retenu, chacun a d'ailleurs repris son camion comme si de rien n'était. Malheureusement, c'est Marc qui a croisé la route de votre mari, pas quelqu'un d'autre.

Lorsque les gendarmes m'ont appelée après l'accident, je n'ai trouvé, à la gendarmerie, qu'un homme brisé. Il ne cessait de dire : je l'ai tué, je l'ai tué !

Il a d'abord été mis en examen pour conduite en état d'ivresse. Il avait 0,7 g par litre de sang, pas une quantité énorme mais suffisante pour altérer ses capacités de conduite, avant d'être inculpé d'homicide involontaire.

Comme c'était une première infraction, et qu'il n'avait jamais eu de problèmes auparavant avec l'alcool, il a bénéficié d'une liberté conditionnelle en attendant le jugement.

Son permis lui a bien sûr été retiré sur le champ.

Maintenant, il attend le jugement. Il a trouvé un travail de manutentionnaire dans une usine à côté de chez nous.

Il n'est plus le même depuis l'accident, il ne sourit plus, ne rit plus. Il fait des cauchemars toutes les nuits et le docteur l'a mis sous anti dépresseurs. Il répète sans arrêt qu'il ne se pardonnera jamais d'avoir privé des enfants de leur père, une femme de son mari.

J'ai peur qu'il ne se suicide, je le surveille sans cesse, et même notre fille de quatorze ans ne le quitte pas d'une semelle.

Tout comme la vôtre, notre vie à nous aussi s'est arrêtée ce jour-là.

Oh ! Je ne vous demande pas de lui pardonner, mais je voulais juste vous faire comprendre qu'il n'a rien d'un monstre.

Juste quelqu'un qui a fait une erreur une seule fois. Une erreur malheureusement fatale et irréversible.

Lorsque vous le rencontrerez au tribunal, j'espère seulement que vous pourrez le regarder sans l'insulter.

Je vous souhaite, madame, de trouver le courage nécessaire pour supporter ce drame et j'espère que vos enfants pourront, eux aussi, se relever de cette terrible épreuve. »

Louise Leboeuf

Anna découvre une autre petite feuille, timidement pliée en quatre au fond de l'enveloppe.

L'ouvre, lit ces quelques mots griffonnés d'une écriture tremblante :

« Pardon pour mon papa » signé Emeline Leboeuf.

La goutte d'eau. Quoi de plus touchant que la détresse d'un enfant ? Ce petit mot déclenche un torrent de larmes.

Les passants la regardent sangloter, avec peine. Éplorée, elle semble si fragile que les passants, compatissants, lisent l'intensité du drame qui la touche sur son visage bouleversé.

Anna ne sait si elle doit croire ce qui est écrit ici. Cet homme, qu'elle imaginait alcoolique, meurtrier, le genre de type qui frappe sur sa femme et ses enfants en rentrant du boulot. Il n'est en fait qu'un mari et un père de famille, comme l'était Nicolas.

Elle s'en était peint un tableau si noir, qu'elle n'avait pas pensé à ce que lui, avait pu ressentir, ni à ce que sa famille avait bien pu subir.

Pour l'instant, le pardon est impossible, c'est trop tôt, trop frais, mais sa haine, sa haine disparaît comme l'orage, laissant dans son cœur un ciel gris anthracite, sans averse ni nuage.

Elle range la lettre dans son sac et repart à pas lents vers sa petite maison, sanglotant toujours.

Rose réalise tout de suite l'intensité du choc subi, mais n'ose pas lui poser de questions. Elle se contente de lui sourire.

« Tu veux que je reste un peu avec Petit Pierre et toi ce soir ? » demande-t-elle.

C'est de bon cœur, mais Anna a juste envie d'être seule avec son petit. Elle veut juste digérer ce qu'elle vient de lire. Elle remercie Rose mais décline cette délicate attention.

Pour une fois, elle garde Petit Pierre dans son lit. Ce n'est pas son habitude, elle qui veut rendre ses enfants autonomes, mais elle a besoin de sentir le petit corps chaud et vivant de son bébé contre elle.

La nuit est agitée, elle rêve de Nicolas, elle le voit lui sourire. Il vient vers elle, tel un ange, de sa démarche masculine. Elle l'entend lui dire que là où il est, tout va bien. Que sa vie à elle doit continuer.

Il s'approche d'elle, et tend la main vers son ventre tout rond. La pose dessus et parle d'une voix basse. À sa fille ?

Il dit : « Ma petite chérie, tu ne me connaîtras jamais, mais je serai toujours là pour toi. Je veillerai sur toi, tes sœurs et ton frère ainsi que sur ta maman de là où je suis ».

Il regarde Anna, lui sourit à nouveau et lui dit : « je suis fière de toi, mon amour. Je ne te demande pas de m'oublier, je sais que c'est impossible, juste d'apprendre à vivre sans moi. De faire en sorte que nos enfants suivent un chemin de droiture et de respect. Tu feras ce qu'il faut, je le sais. Le pardon mène vers le chemin de la vie, n'oublie pas mes paroles. Je t'aimerai toujours ».

Ô rêve mirifique ! Il semblait si réel. Quelle impression étrange au réveil, lorsqu'elle ouvre les paupières, sensation de chaleur sur le ventre laissée par la main, membre fantôme de sa moitié disparue.

À présent, elle sait ce qu'elle doit faire. Elle appelle son avocat et lui demande l'adresse des Leboeuf. Me Richard, lié par le serment, refuse de la lui communiquer.

L'adresse n'était pas sur la lettre rédigée par l'épouse. Qu'importe, elle connaît son nom, la ville où il habite, elle trouvera seule.

Internet est une véritable mine d'informations personnelles. Il ne lui faut que quelques minutes pour trouver l'adresse exacte des Leboeuf. La famille demeure à deux heures de Paris, dans la commune d'Auxerre.

Elle sollicite Jean, qui dans un premier temps refuse, tente de la dissuader, mais qui finit par s'incliner devant la détermination de sa sœur. Il la conduira, veillera sur elle, ange gardien de son sang.

Rose à nouveau se voit confier Petit Pierre, mission qu'elle accepte avec un infini plaisir.

Ils partent de Paris à midi.

Pendant le trajet, Anna ne dit mot. Mélancolique, elle regarde le paysage verduré défiler à travers les vitres, essaie de deviner des formes humaines ou animales dans les nuages ouatés. Ces êtres de coton sont comme aspirés par une force surnaturelle. Sont-ce des ombres qui quittent la Terre pour rejoindre l'au-delà ? Le ciel est-il le chemin qu'ils empruntent, tous allant dans le même sens, portés par le vent affidé et complice ?

Mélancolique, elle rêve, essaie de ne penser à rien d'autre qu'à ces duvets verts et dorés qui recouvrent le sol, formant des damiers d'herbe et de blé, à ces forêts qui exposent la grandeur des arbres qui laissent leurs branches danser et frissonner sous les chatouillements du vent.

La vie est là, tout autour. La mort est là aussi, mais la vie continue. L'une et l'autre cohabitent, la mort n'arrête pas la vie.

À quatorze heures comme prévu, ils sont devant la petite maison des Leboeuf. C'est un gentil petit pavillon de banlieue, avec un muret et des parterres de fleurs. La maison de monsieur et madame tout le monde, d'une famille ordinaire, en somme.

Anna n'est plus aussi sereine et décidée, et se demande si finalement elle a bien fait de venir. Elle est là, il faut y aller.

Elle sonne à la porte. C'est une jeune fille menue aux longs cheveux roux qui vient leur ouvrir. Emeline.

« Oui, vous désirez ? » demande-t-elle.

Anna répond simplement : « Je suis Anna ! »

La jeune fille porte une main tremblante à sa bouche, la regarde, regarde Jean, l'armoire à glace qui est juste derrière Anna, comme toujours le protecteur au cas où, et crie d'une voix aiguë : « Papa ! ».

Il ne faut que quelques secondes à un homme d'âge mûr aux traits tirés mais avec des bras de déménageur pour venir au secours de sa fille en état de choc.

D'un geste protecteur, il se place devant son enfant : « Que voulez-vous à ma fille ? Laissez-la tranquille ! Marre des journalistes, elle n'est pour rien dans tout ça ! » hurle-t-il. « C'est moi le coupable, pas elle ! Laissez ma famille en paix !

— Papa, ce ne sont pas des journalistes, c'est elle, c'est la femme du monsieur que tu as renversé » lui susurre Emeline à l'oreille.

Cette simple phrase fait son effet. Le géant s'effondre, regarde Anna d'un air hagard, recule et c'est sa femme, une grosse dame replète vêtue d'une blouse d'un genre qu'on ne fait plus, qui le soutient et le fait asseoir sur le canapé.

Tous regardent Anna et attendent un signe, un mot, un geste de sa part. Même Jean se demande ce qu'elle va faire.

Et c'est d'une voix trémulante qu'Anna prend la parole :

« En fait, je ne sais pas quoi vous dire. J'avais préparé un discours dans ma tête, je voulais vous dire tellement de choses, vous faire comprendre combien vous avez cassé ma vie et celles de mes enfants.

Mais en fait, je m'aperçois qu'il n'y a pas que ma vie qui a été détruite, la vôtre aussi. Vous n'avez rien, monsieur, du monstre que j'imaginais.

Vous avez une famille, une vie qui a été brisée aussi. Vous serez probablement condamné à de la prison ferme, ce n'est pas ce que je souhaite, ce n'est pas ce que Nicolas aurait souhaité.

Pour sa mémoire, pour la vie de son enfant à naître (elle pose la main sur son ventre), je demanderai au juge de ne pas être dur avec vous.

Votre lettre, madame, m'a bouleversée, j'y ai entendu le cri d'une femme qui veut se battre pour sa famille, tout comme moi.

Elle se tourne alors vers l'adolescente.

« Emeline, ton petit mot a fait effet. Peut-être un jour pourrai-je pardonner, pour l'instant c'est trop tôt. »

Elle regarde l'homme qu'elle devrait haïr (mais elle ne le peut pas, c'est impossible) et lui dit simplement :

« J'étais venue vous dire cela, la vie continue pour moi et elle doit continuer pour vous. »

L'homme ne retient pas ses sanglots.

C'est déstabilisant de voir ce géant ébranlé, pleurer de chaudes larmes de remords. Il tourne son visage désolé vers Anna et d'une voix faible lui dit :

« Merci ».

Sur ce simple mot, Anna considère qu'il est temps de se retirer et quitte la petite famille. Elle sait que son discours va apaiser un peu les douleurs, les larmes et les doutes, réconcilier les deux parties avec la vie qui se poursuit.

Dans la voiture, avant de démarrer, Jean complimente Anna sur son attitude d'une noblesse admirable : « Ma petite sœur, tu me sidères. Tu es plus forte que moi, tu m'as ému aux larmes. Je t'aime, frangine ».

Sur le trajet du retour, Anna regarder défiler les mêmes paysages qu'à l'aller, mais son impression n'est plus la même. La mélancolie et l'amertume ont laissé place à un sentiment nouveau, entre la force et l'abandon. Les couleurs de la nature l'enchantent. La pluie qui arrose le pare-brise est la lessive qui vient laver le ressentiment pour laisser place au pardon, qui élève son âme tout en pansant son cœur.

Ils retournent tous les deux à Paris le cœur plus léger qu'au départ.

Anna va continuer sa vie simplement, s'ancrer dans son travail, améliorer le confort de sa petite maison, délestée du poids de la rancœur qu'elle ne ressent plus.

Lorsqu'elle récupère ses filles, juste avant la rentrée, son ventre se dessine sous sa robe ample comme un joli ballon tout rond.

Elle a reçu l'argent de l'assurance, aurait pu déménager, mais elle se sent bien dans la petite maison qu'elle a aménagée à son image, et à celle de ses princesses qui en avaient bien besoin. La décoration est très « girly », une vraie maison de Polly Pocket.

Les enfants sont rentrés à l'école sans soucis, et Petit Pierre s'est fait plein de copains. A appris quelques gros mots et bien sûr ramené ses premiers poux.

Assise devant la porte, une main sur son ventre rond de six mois, Anna repense à ses derniers mois pleins de rebondissements.

Elle a fait front, a surmonté toutes ses épreuves, maintenant il faut faire naître cette enfant parce que oui, c'est bien une fille, comme le laissait augurer son rêve étrange, prémonitoire. Une petite fille qui portera, comme son frère et ses sœurs, le nom de son père défunt.

Chapitre 7
Maintenant, bébé décide

Béatrice

Un mois. Voilà un mois que Béatrice est arrêtée, bien avant son congé prénatal, un mois qu'elle tourne en rond dans son appartement, comme un hamster dans une cage. Une roue, il lui manque une roue. Elle pourrait tourner dans sa roue, faire de l'exercice. Parce que là, ce n'est pas le cas. Depuis un mois, elle ne fait strictement rien. Fini, la piscine. Pas d'abdominaux, surtout pas. Rester allongée, le plus possible. C'est la consigne.

« Grossesse à risque ». Cette information est sortie de la bouche du médecin comme un orage qui vous surprend alors que vous n'avez pas de parapluie et qu'il reste des kilomètres à parcourir.

La peur, elle ne connaissait pas la peur. L'inquiétude, l'angoisse, oui, mais pas la peur, elle qui n'a peur de rien, ni de la foule, ni du noir, pas même de la prise de parole en public, voilà qu'elle a peur d'elle-même, peur de perdre ce bébé qu'elle aime déjà, de trahir la nature, *sa* nature, son entourage, peur que cela ne soit sa faute, parce qu'elle aurait fait un faux mouvement. Alors elle respecte les recommandations médicales à la lettre. Se reposer, bien manger, se reposer, bien manger, se reposer, bien manger.

La liste des activités possibles en confinement est assez réduite, surtout lorsque toute activité physique est prohibée. Elle n'a pas de jardin. Comme elle regrette de ne pas avoir de jardin !

Pas d'espace pour s'aérer. Oh, si, il y a bien un balcon, mais un balcon au sixième étage, légèrement incliné vers l'avant, vertigineux. Quand elle sortait fumer, avant sa grossesse, elle faisait coulisser la baie vitrée et s'avançait à pas de loup, avec prudence, loin du bord. Alors, pour ne pas voir le vide et se sentir aspirée, elle restait adossée à la fenêtre et fumait sa cigarette blonde assise, en observant les fenêtres de l'immeuble d'en face pour y chercher une présence lointaine, un peu de vie. Puis elle se levait doucement en se tenant à la porte, en évitant de regarder vers le bas.

La vie. Les gens. La famille. Les amis. Ces proches qu'elle ne voit plus, parce qu'ils travaillent et qu'elle ne se déplace plus. Avant il lui arrivait de s'arrêter à Dijon, Clermont-Ferrand, Toulon, Marseille, pour rendre une visite opportune à des proches, déjeuner, dîner, chez eux ou à l'extérieur avec eux, peu importe, boire un verre ou simplement prendre un café. Elle prévenait toujours de son arrivée longtemps en avance pour que les gens aient le temps de s'organiser. Comme elle aimerait aujourd'hui pouvoir débarquer à l'improviste, les prendre dans ses bras !

Alors, elle qui n'adhère pas aux réseaux sociaux qu'elle juge trop addictifs et impersonnels, redécouvre le téléphone, les conversations téléphoniques qui s'éternisent, se rapproche même de lointains amis et de sa cousine, Alexia, avec laquelle elle n'avait jamais vraiment discuté. Alexia, chef de rayon dans un supermarché, travaille tôt le matin. Elle est donc assez disponible l'après-midi.

Pendue au téléphone la moitié de la journée avec ses proches, à parler de tout et de rien. Du monde qui s'écoule autour d'elle et qu'elle ne voit pas, si ce n'est à travers les incessantes répétitions de faits divers qui passent en boucle sur les chaînes d'information. Les inégalités sociales, la discrimination, les revendications salariales des uns et des autres, les doléances des femmes, la violence… les mêmes questions sociales et sociétales depuis des siècles. La violence. La violence des activistes. La violence. La violence des répressions. Pas de tuerie, pas de massacres mais des flagellations modernes à coup d'insultes sur les réseaux sociaux, la violence morale est bien pire que la violence physique, elle renferme, elle isole, elle est silencieuse, silencieuse et sournoise. Elle crépite et détruit à petit feu.

« Mais il n'est pas moins terrible que le malheur muet »,[7] a-t-elle lu ce matin.

Parce qu'elle a le temps de lire, enfin ! Enfin et parce que lire est la seule activité à sa portée, qui lui donne l'impression de vivre dans l'action, au milieu des personnages. Alors elle choisit des romans forts, peuplés de personnages outranciers, d'une écriture au style plutôt romanesque. Son bonheur, elle le trouve dans la littérature de la fin du dix-neuvième siècle et du début du vingtième. La révolution industrielle, l'univers des possibles pour les entrepreneurs autodidactes.

Elle commence à relire des poèmes aussi, la poésie, douce musique qui invite à la rêverie. Quand elle lit, elle oublie, elle oublie qu'elle est là, ventrue, ramollie par l'inertie, le corps tombant régulièrement en léthargie, à attendre le retour de Sébastien parce que désormais c'est elle qui attend. Languissante, elle se retrouve comme une femme de soldat attendant son retour du front. Cette guerre contre, avec, contre et

---

[7] *Les Frères Karamazov*, Dostoïevski.

avec le temps, elle la vit chaque jour. Heureuse, quand il l'embrasse le matin, qu'ils prennent le petit-déjeuner ensemble. Heureuse, quand il rentre le soir, qu'il lui raconte sa journée de travail, quand elle lui parle de ses lectures et de la vie de ses copines, vie qu'elle vit par procuration à travers leurs récits plus ou moins romanesques, rocambolesques, parfois. Seule, terriblement seule entre ces deux moments, la journée cadencée par les mêmes activités reconduites chaque jour. Le matin, quand Sébastien est parti, elle lit le journal. Une à deux heures, une ou deux heures seulement parce qu'ensuite elle s'endort, une ou deux heures mais ces derniers temps c'est plutôt deux heures. Sieste et lecture.

Déjeuner. Après le déjeuner, petite sieste. Après petite sieste, lecture derechef, un roman cette fois, une ou deux heures selon la durée de la sieste qui précède, et c'est à partir de seize heures qu'elle commence à passer des coups de fil. En deuxième partie d'après-midi, les gens sont plus disponibles. D'aucuns ont fini le travail. Elle a déjà bien lu, elle ne veut plus lire, elle veut parler. Depuis qu'elle ne voit plus personne, elle est plus volubile.

Un matin, alors qu'elle lit un article sur une manifestation pacifiste contre la violence faite aux femmes, puis, plus loin un autre article sur les inégalités d'accès à la culture, lui vient une idée. Pourquoi ne pas associer les deux ? Permettre aux gens de s'exprimer, en musique, en couleurs ou par la plume ? Mais il ne suffit pas de donner des leçons. Il faut montrer l'exemple. L'exemplarité. Dans la vie professionnelle ou dans la vie privée, c'est pareil. Ce sont les mêmes valeurs qui changent les attitudes.

Elle en parle à sa cousine.

— Ah oui, tu voudrais écrire quoi ?

— Tout. De la poésie, des nouvelles, accessibles, avec un accent mis sur le fond, autant que sur la forme. Des textes engagés, poignants.

— Tu sais écrire ?

— Il me semble que oui. Lorsque j'étais adolescence, je passais mon temps à écrire des poèmes. J'avais écrit un recueil. Hier, j'ai fouillé dans mes cartons et je l'ai retrouvé.

— Ah. Super ! Tu as commencé ?

— Oui. J'ai déjà écrit deux poèmes. Le but c'est de faire un recueil qui mette à l'honneur les femmes, toutes les femmes, leurs souffrances, leurs espérances, leurs joies aussi, leurs passions, l'idéal serait d'écrire une quarantaine de textes, mais il me faudrait une illustratrice, j'aimerais bien associer les deux arts. Et pourquoi pas, à terme, travailler avec un compositeur pour les mettre en musique ? On a tort de vouloir tout compartimenter, tout dissocier. Pour moi, l'essence précède l'art et mes poèmes pourraient inspirer un artiste comme je m'inspire de ce que je vois, lis et vis pour écrire.

— Je peux essayer si tu veux.

— Tu dessines ?

— Oui, depuis toujours. Je passe mes soirées à ça. Des dessins modernes, suggestifs. Mon style peut surprendre, mais c'est mon style.

— Tu peux me montrer ? Si je t'envoie un poème, tu peux me l'illustrer ?

— Oui, je peux essayer.

Les deux cousines se mettent au travail, un travail qui relève plus de la passion que du travail, un travail quand même parce qu'elles mettent du cœur à l'ouvrage et qu'elles le font en binôme, avec sérieux.

Alexia n'a pas menti, les dessins sont superbes, des couleurs vives, détonantes, des personnages suggérés, des femmes légères et souples comme des plumes, gracieuses comme des ballerines, un peu mélancoliques aussi, sans visage. Les textes de Béatrice sont engagés, féministes. Pour travailler sa prosodie, elle s'appuie sur des sources Internet, trucs et astuces qu'elle déniche sur des blogs de poètes professionnels et amateurs. La bibliothèque de Sébastien, qui regorge de poésie classique et moderne, est aussi une grande alliée, Sébastien, son futur mari, l'homme qu'elle épousera dans un an (quand elle aura retrouvé un ventre à peu près plat et que son corps de femme-baleine sera redevenu un corps de femme-sirène), Sébastien tout heureux de lui donner des conseils et que sa future femme non seulement les écoute mais en redemande !

Sébastien, aux petits soins pour elle toujours et plus que jamais maintenant que sa femme est fragile, femme qui porte le monde et le monde pèse lourd. Le petit bout à naître ne leur fait pas de cadeau. Peur. Peur de perdre son petit bout et sa femme. Essayer de ne pas y penser mais double peur pour le futur mari et futur papa qui veut être mari et père par-dessus tout, prêt à échanger sa vie contre celle de ses deux anges, son avenir, son sang, son cœur.

Elle est rayonnante, l'apprentie écrivaine, rayonnante et touchante dans sa fragilité, épatante dans sa résilience. Pourrait rester là, à se plaindre, à se lamenter de son état mais non, repart dans des projets nouveaux, va de l'avant, jamais vers l'arrière, toujours vers l'avant, apprend vite.

Un soir, touchée par la vue d'une jeune mendiante assise devant la supérette du bas de sa rue, elle écrit ce poème, qu'elle montre à Sébastien :

La mendiante

Qui êtes-vous, belles inconnues,
Mendiantes oubliées,
Princesses échouées,
Au hasard de nos rues ?

Vous, jolies bohèmes,
Bouquets de fleurs fanées,
Déesses désenchantées,
Frappées d'anathème ?

Rouge, vert, jaune d'or,
Indifférence pressée,
Ces chaussures colorées,
Marchent sur votre sort.

Qui êtes-vous belles inconnues,
De gestes empêchés,
Les veines possédées,
Par la mort attendue ?

C'est court, frais, féminin et léger. Sébastien ne dit rien. Il ne dit jamais rien sur son travail, c'est son truc à elle. Il ne dit rien mais il n'en pense pas moins. Elle a un certain talent littéraire, c'est certain.

Et puis, cette activité est bénéfique, l'occupe et la détourne de ses problèmes, des complications de sa grossesse, du risque fœtal. L'accouchement avant terme est probable. Elle qui voulait absolument accoucher dans une clinique privée tout confort, à la limite de l'excessif. Pour lui, cette clinique au décor ostentatoire avait beaucoup de superflus mais pour son bien-être il était prêt à toutes les concessions, toutes, absolument toutes, pour sa princesse, et tant pis si parfois elle se prend un peu pour une diva et qu'elle en fait des tonnes.

Mais il n'y aura pas de clinique. Grossesse à risque. Grossesse à risque veut dire accoucher dans une clinique niveau 3, et c'est dans l'hôpital le plus proche de leur domicile qu'elle mettra leur bébé au monde, parce qu'eux sauront quoi faire en cas de complications, ils en auront dans tous les cas les moyens.

Le plus important, c'est la santé de la mère, la santé du bébé, le confort passe après et puis, le confort ils l'auront, parce que Sébastien cherche une maison en région parisienne, une maison avec de l'espace, un extérieur, un endroit où ils seront bien, où les enfants pourront grandir dans un environnement paisible et serein, pas trop loin de Paris mais un peu loin quand même pour pouvoir prétendre à assez grand. Il a fait quelques visites, déjà. Il en d'autres à venir. Des visites qu'il fait seul avec l'assentiment complice de Béatrice.

Béatrice le laisse faire, elle regarde les vidéos des maisons quand il rentre le soir. C'est vrai que c'est agréable une maison. La pariso-Parisienne revendicatrice de sa sacro-sainte liberté serait-elle en train d'envisager une vie de famille au calme, maison, chien et balançoire, petits enfants qui courent dans le jardin, rosiers fleuris, pommes qui tombent de l'arbre fruitier et avec lesquelles on fait des compotes et des tartes ?

Le lâcher-prise. Difficile au début, comme la grossesse, mais on s'y fait. Sébastien se sent bien dans son rôle de futur mari et de futur père.

Quand on dit que le cœur a sa raison que la raison ignore, la raison a certainement son heure et le bébé a sans doute accéléré les choses. Enfin, elle lâche prise. Facile, quand tout se passe à peu près comme prévu. Moins facile lorsque les choses dérapent.

Les contractions commencent. C'est douloureux. C'est surtout trop tôt. Elle ne doit accoucher que dans un mois. Il est deux heures du matin, elle crie, a mal, pleure. Les affaires ne sont pas prêtes. Sébastien est paniqué, paralysé, il tourne dans l'appartement et perd le nord, le nord ou la tête. « Que faire ? Les clés de voiture, où ont les clés de voiture ? Préparer un sac ? Non, pas le temps, Oh mon dieu, je fais quoi, moi ? ». Déstabilisante la panique, elle vous fige, vous paralyse. Agir dans l'urgence est un exercice compliqué, c'est ce que Béatrice fait tous les jours au travail. Sébastien, lui, n'a pas l'habitude, il est dépassé.

C'est elle qui finit par prendre les directives « bon, pousse-toi, tu ne sers à rien, là », lui dit quoi prendre, mais vite, ne pas trop tarder, il est trop tôt pour accoucher. Ne pas paniquer, il panique déjà assez pour deux. Souffler, respirer, souffler, respirer, inspirer, expirer, inspirer, expirer, inspirer…

Enregistrement. Arrivée dans la chambre. Rien vu du tout, suivi, c'est tout. Trop mal. Il y a déjà quelqu'un dans la chambre. Une femme, avec un bébé, un bébé tout rouge avec des cheveux noirs en pics au-dessus de la tête. La jeune femme est jolie, un peu décoiffée, encore en sueur, l'accouchement semble récent. Elle a de la chance. Béatrice n'a pas cette chance, elle ne sait même pas si elle va pouvoir le sortir, son bébé. Une césarienne ! Ils veulent lui ouvrir le ventre. Sébastien essaie de la consoler, mais il ne trouve pas les mots, elle s'énerve « ce n'est pas à toi que ça arrive ! ».

La jeune femme la fixe.

« Qu'est-ce qu'elle a à me regarder comme ça celle-là ? ».

Les nerfs prennent le dessus, c'est la panique qui parle.

C'est finalement cette jeune femme qui trouvera les mots.

— Je m'appelle Anna, lui dit-elle, c'est mon quatrième petit. Vous savez, j'ai déjà eu trois grossesses, et mon premier accouchement a été difficile aussi. Tout va bien se passer pour vous, restez calme les médecins sont vraiment top ici. Ils ont été hyper professionnels et bienveillants, et cette maternité a une excellente réputation.

Après un silence mesuré, elle ajoute :

— Et dites-vous que la césarienne n'est pas ce qu'il y a de pire.

— Ah bon ? Vous croyez ?

Anna sourit. Béatrice se détend. Le sourire d'Anna est une arme antistress.

— Si vous saviez ce que je viens de vivre, vous vous diriez que vous avez de la chance ! Vous au moins vous allez dormir !

Béatrice rit, rire nerveux, de complaisance ou rire sincère elle ne sait pas, elle a mal. Cette femme est sympathique, ses mots sont un baume pour son cœur qui palpite. Tachycardie. Peur de l'accouchement mais pas seulement, peur de l'après aussi. Sa vie va changer. Heureusement que cette femme est là ! Et dire qu'elle voulait une chambre pour elle seule ! C'est très bien comme cela finalement.

— Moi, c'est Béatrice.

— Enchantée, Béatrice. C'est drôle, votre visage me dit quelque chose. On s'est déjà vu quelque part, non ?

Anna

La vie a suivi son petit bonhomme de chemin.

Les enfants adorent leur école, ils s'épanouissent à Paris. Ils ont fait leur cocon dans la petite maison. Chacun son espace, restreint c'est sûr, mais chacun le sien.

Quant à Anna, elle est faite pour ce travail. Elle qui n'a pas beaucoup travaillé dans sa vie s'est attachée à ses petits vieux. Elle est chez elle, chez eux. Ils dépendent d'elle, et cette dépendance enfantine la touche. Les dernières années d'une vie sont comme les premières, ce sont les émotions qui s'expriment et les caprices ne sont que le vecteur de ces émotions envahissantes.

Ces derniers temps, le travail est pourtant devenu plus ardu. Malgré les injonctions de ses employeurs, elle n'a pas pris de congé maternité.

Elle continue d'aller chez Odette et Léon. Bien qu'elle ne fasse plus le ménage (ils ont pris quelqu'un d'autre en attendant), elle leur tient compagnie, leur fait la cuisine, et pendant ce temps les enfants les distraient. Odette est rayonnante maintenant et Léon esquisse même des pas de danse avec Petit Pierre qu'il appelle son Petit Prince.

Anna, belle de formes arrondies, se sent en forme. Jean la taquine, lui dit qu'elle ressemble juste au bonhomme Michelin, s'amuse à imiter sa démarche de patapouf. Elle se dandine quand elle se déplace, mais ce n'est pas son premier, elle a l'habitude de marcher en canard.

Elle aurait bien besoin d'un treuil pour sortir du canapé et ça fait rire les enfants quand elle se met sur le côté et glisse à terre sur les genoux pour pouvoir se lever.

Mais ce n'est pas le plus gênant. Son ventre la démange horriblement. Cette sensation-là, elle ne la connaissait pas, n'avait jamais ressenti ça. D'après sa gynécologue, c'est signe que le bébé a beaucoup de cheveux.

Elle pense souvent à Nicolas, mais plus de la même façon. Elle ne le vit plus comme une tragédie. Nostalgique heureuse, elle le revoit quand il souriait, quand il faisait rire les filles en faisant le pitre, et elle sourit de ce souvenir gravé.

Lorsqu'elle pose sa main sur son ventre de huit mois, elle parle à sa petite Jenny (elle s'appellera ainsi c'est décidé) et lui raconte son papa. Elle ne le connaîtra pas, tout comme Petit Pierre qui ne le voit qu'à travers les souvenirs d'Anna et quelques bribes rapportés par Fleur et Constance. Les filles n'en parlent presque plus. Fleur a quelquefois des expressions comme « quand papa était là » mais c'est tout. Plus de larmes, juste un peu de nostalgie. Anna en parle, entretient l'amour du père, l'amour qui transcende la mort. Son absence n'a pas éteint la flamme de l'amour qui veille sur la famille, l'éclairant de sa lumière divine.

Ce matin-là, alors qu'elle entame son neuvième mois, Laure arrive bouleversée. Geneviève s'en est allée cette nuit paisiblement, dans son sommeil, sans faire de bruit. Une autre mort a frappé, mais cette mort est différente : elle était attendue. Elle n'en est pas moins douloureuse pour autant. Les trois jours suivants se déroulent dans les préparatifs de l'enterrement. Anna est là, partageant la douleur de la fille endeuillée, elle qui s'était habituée à la présence de cette dame âgée. Silencieuse, elle serre fort la main de Laure lorsque le cercueil s'enfonce pour la crémation.

Les jours suivants, Anna, toujours présente, voit bien qu'autre chose perturbe Laure car elle ne cesse de la regarder en soupirant. Alors, un soir, elle ose lui demander les raisons de son affliction.

Laure lui confie sa crainte de voir Anna partir à présent que Geneviève s'en est allée. Anna et les petits sont comme des membres de sa famille. Elle ne veut plus se retrouver seule et ne veut pas les perdre.

Anna est prise d'un fou rire qui fait tressauter son ventre rond. Et lorsqu'elle dit à Laure que sa peur à elle est que Laure lui demande de partir, le rire les gagne toutes les deux. Rassérénées, les deux jeunes femmes, que par deux fois la mort a rapprochées, savent dès cet instant qu'elles ne se quitteront plus.

Dans tout ça, Jean s'est finalement mis en ménage avec Rose.

Comment deux êtres si différents peuvent-ils cohabiter ? On dit que les contraires s'attirent, mais à ce point-là, c'est carrément burlesque.

— Rose est « bordélique », Jean est maniaque.

— Rose est fantasque, Jean a les pieds sur terre.

— Rose est du genre à tout décider au dernier moment, Jean planifie tout.

Combien de temps un tel couple peut-il survivre ? Bizarrement, Anna est devenue très sceptique sur la durabilité de leur relation ! Se dit qu'ils ne vont pas tarder à se lancer des casseroles à la tête ces deux-là. Enfin, c'est leur choix, à eux de construire leur avenir.

L'horizon se dégage pour Anna.

Même les parents de Nicolas se sont adoucis, surtout sa mère. Les enfants se battent pour y passer leurs vacances et c'est la même chose chez les parents d'Anna. La vie ne peut pas être plus merveilleuse. Entourée plus qu'elle ne l'aurait jamais imaginé, elle ne manque pas d'aide, peut compter sur sa famille comme sur ses nouveaux amis.

Elle peut voir venir la naissance de cette petite fille avec sérénité.

Rose, la fidèle Rose, qui est maintenant sa meilleure amie gardera tout ce petit monde pendant l'accouchement. Jean a promis d'être là pour la soutenir et vu les circonstances, il a même obtenu une autorisation auprès de l'hôpital pour assister à l'accouchement. Il ne sait pas ce qui l'attend.

Anna en a marre de ce ventre rond et de ce bébé qui ne veut pas sortir. Plus elle approche du terme et plus elle essaie d'accélérer le travail.

Elle retapisse seule la chambre des filles, à quinze jours du terme. Elle s'active sans cesse, court partout les bras levés (il paraît que ça aide le bébé à descendre).

Rien n'y fait, bébé s'accroche. Décidément, cette petite va être « chiante » si elle commence comme ça. Elle résiste à sa maman, a déjà du caractère. « Comme son père » pense Anna.

C'est le jour prévu que bébé décide finalement de pointer son nez. C'est elle qui a décidé. Après tout, c'était ce jour et pas un autre.

Les premières douleurs arrivant, Anna a appelé son frère qui accourt, affolé, avec Rose. Laure est là également, encore plus hystérique qu'eux tous.

Anna est sur son petit nuage et prépare tranquillement sa valise alors que tout le monde s'énerve.

« Mais tu fais quoi là ? Dépêche-toi un peu, tu vas accoucher ici si tu lambines autant » la presse un Jean qui commence – enfin – et pour la première fois à perdre ses moyens.

Mais Anna déambule tranquillement dans toute la maison, vérifiant que tout est en place et que les enfants ne manqueront de rien pendant son absence.

Elle s'arrête devant un Jean à la limite de l'apoplexie et lui susurre gentiment : « Pas de risques les contractions sont trop espacées ». C'en est trop pour Jean qui de toute façon n'y comprend rien et décide d'aller attendre dans la voiture. Les Femmes, elles sont vraiment trop difficiles à cerner !

C'est seulement dix longues minutes après qu'Anna le rejoint sans se presser.

« Allez direction l'hôpital, en route chauffeur », lance-t-elle à un Jean tout pâle. Et il n'est pas encore dans la salle d'accouchement !

Tout le trajet il ne cesse de demander à Anna si ça va, à chaque fois qu'une contraction arrive et qu'elle grimace un peu.

Et à chaque fois, Anna lui sourit béatement. Ça va lui faire une répétition le jour où il sera père.

C'est tout aussi calmement qu'Anna descend tranquillement de la voiture jusqu'à la maternité de l'hôpital en s'agrippant quand même au bras de son frère.

Après examen, en effet, elle est loin d'être prête à accoucher, le col étant à peine dilaté. Cette petite ne va pas lui rendre les choses faciles, il faut se rendre à l'évidence.

Comme pour les trois premiers, elle refuse la péridurale devant un Jean sidéré. Il ne comprend pas qu'on puisse vouloir souffrir alors qu'on peut l'éviter. Il faut toute la délicatesse d'Anna pour lui expliquer que la péridurale enlève une grande partie des sensations en plus de la douleur.

Jean la regarde comme si elle était une extraterrestre. Il n'y a vraiment que les femmes pour réagir comme ça. Quelles sensations ? Elle va faire sortir un truc de la taille d'un melon dans un couloir de la taille d'une orange. Comment peut-on avoir envie de ressentir ça ? Il est dépassé le pauvre.

Anna, qui le voit tourner en rond comme un poisson, l'envoie se prendre un café à la cafétéria de l'hôpital. Il est plus stressant qu'autre chose. Elle veut pouvoir se concentrer sur ce petit bébé dont la naissance va bientôt la remplir de joie.

Huit heures, huit heures de travail déjà et le bébé n'est toujours pas là ! Elle n'avait jamais connu ça. Elle a eu le temps de la regretter cent fois cette maudite péridurale. Et Jean qui, écrasé de fatigue et de stress, ronfle juste à côté dans le grand fauteuil ! Elle en rirait presque si elle n'avait pas si mal. À cet instant précis, elle a juste envie de l'étrangler.

Son portable n'arrête pas de sonner, tout le monde s'inquiète que ce ne soit pas encore fini.

Elle y peut quoi, elle, si ce maudit bébé ne veut pas sortir ? Elle est en train de maudire la terre entière quand elle sent enfin les choses s'accélérer.

Elle réveille Jean, qui, les cheveux en bataille et l'air hagard, court chercher la sage-femme.

Anna s'agrippe à la main de Jean qui vacille un peu (de peur peut-être ? Après tout, il ne sait pas ce qui va se passer lui), le petit cortège se dirige vers la salle d'accouchement.

Jean veut bien être là, mais juste à côté de la tête d'Anna. Pas question de voir le bas de son corps. Anna lui sourit tendrement. C'est déjà tellement gentil d'être auprès d'elle et de tenir la place qu'aurait dû tenir Nicolas.

Reprise du travail. Anna pousse, inspire, expire, pousse encore de toutes ses forces. Enfin, bonne nouvelle ! Libération !

Jenny l'obstinée se décide à pointer le bout de son nez.

À nouveau comme pour Petit Pierre un grand silence se fait, silence respectueux des adultes spectateurs de la vie, émerveillés par les cris gutturaux du petit être naissant, et c'est la sage-femme qui vient rompre ce silence solennel en s'exclamant : « mon Dieu ce qu'elle a comme cheveux ! ».

En effet, la première chose qu'aperçoit Anna ce sont des cheveux tout noirs dressés en épis sur une tête rougeaude qui hurle. Il y a tellement de cheveux que c'en est stupéfiant. Et ils sont d'une belle longueur tout droit sur la tête du bébé.

Jean verse des larmes de joie tout comme Anna qui s'en moque des cheveux de son bébé. Sa petite est là, c'est tout ce qui compte.

Anna d'un seul coup se sent mal et la sage-femme demande en urgence un gynécologue. Elle est en train de faire une hémorragie et le sang s'écoule à gros bouillons de son bas ventre.

Rien de grave le plus souvent. Cela arrive mais Jean ne le sait pas et c'en est trop pour lui. Prêt à tourner de l'œil, il sort en courant de la salle pour aller s'effondrer dans le premier fauteuil qui se présente à lui.

Il lui faut plusieurs longues minutes avant de retourner, confus, demander ce qu'il se passe.

Anna a fait une petite hémorragie et doit avoir une transfusion avant de pouvoir regagner sa chambre. Jean va rentrer chez lui, rassurer tout le monde et surtout digérer tout ce qu'il vient de vivre. « C'est beau un accouchement ? Ils sont malades ceux qui pensent ça ! » se dit-il en quittant le parking de l'hôpital. Jure qu'on ne l'y reprendra plus jamais.

Il va rentrer se coucher et reviendra demain avec les enfants pour les présenter à leur nouvelle petite sœur qu'il n'a pas bien vue d'ailleurs. Cette tête de porc-épic. Il l'admirera demain, après une bonne nuit récupératrice.

Anna somnole tranquillement, pendant la transfusion. Son bébé lui a été enlevé le temps de l'intervention. Elle non plus n'a pas eu le temps de trop la regarder. Étrange petite chose pleine de cheveux. Elle l'a à peine vue et elle l'aime déjà si tendrement qu'elle en verse des larmes de bonheur.

Si seulement Nicolas était là. Elle lui parle dans sa tête, lui explique son enfant, comment elle va l'aimer comme elle aime les trois autres, comment à travers tous ses « pitchouns » c'est lui qu'elle voit. Elle le remercie pour le bonheur qu'il lui a donné. Elle s'endort en pensant à demain.

L'infirmière, une fois la transfusion terminée la conduit à sa chambre où on va lui apporter sa petite merveille.

Anna est en pleine forme, la transfusion lui a fait du bien. Même si elle est encore en sueur, les cheveux tout ébouriffés, elle se sent bien. Elle a faim même.

Assise dans son lit, devant un petit en-cas, elle attend qu'on veuille bien lui amener Jenny.

La porte s'ouvre enfin devant l'infirmière qui pousse le petit lit transparent. On ne voit qu'une tache noire sur l'oreiller. Les cheveux du bébé sont toujours dressés sur sa tête. Elle est toute rouge comme une écrevisse et toute ronde. Ça fait un rendu bizarre ce rouge et ce noir sur un bébé. Une drôle de petite bonne femme !

L'infirmière lui tend l'enfant et lui dit : « regardez-moi ça comme elle est mignonne cette petite ! ».

Anna s'étrangle presque en lui rétorquant : « Vous l'avez bien regardée ? Elle est moche ! Tous les bébés ne sont pas beaux vous savez, il faut juste ouvrir les yeux. »

L'infirmière est un peu étonnée de cette réponse mais est tout de suite rassurée sur l'attitude d'Anna qui couvre son trésor de bisous. Qu'importe la tête qu'elle a maintenant, ce qui compte c'est ce qu'elle deviendra. Et Anna ne doute pas qu'elle sera magnifique et surtout qu'elle aura un sacré caractère vu ce qu'elle vient de lui faire subir ces dernières heures. Sa petite poupée à elle.

Elles passent les deux premières heures de leur rencontre à faire connaissance, en tête à tête.

Elles sont dérangées par la porte de la chambre qui s'ouvre pour laisser passer une grande rousse complètement affolée accompagnée de son probable mari ou conjoint qui en prend plein la tête.

Une césarienne, ils veulent lui faire une césarienne apparemment. La jeune inconnue pousse des cris hystériques et son compagnon semble aussi dépassé que l'était ce pauvre Jean.

Anna la rassure en lui disant qu'elle au moins ne sentira rien. Et que ce qu'elle vient de subir elle, elle ne le lui souhaite pas.

Ça a l'air de faire du bien à la jeune femme qui semble s'apaiser. Pour preuve, elle qui hurlait sur son pauvre conjoint désemparé s'adresse à lui soudainement beaucoup plus gentiment.

L'air apaisée, la jeune femme observe Anna qui la scrute de la même façon.

Cette grande rousse aux pommettes saillantes, dont le visage ne lui est pas étranger, se prénomme Béatrice.

C'est sûr, elle a déjà vu ce visage de poupée quelque part…

Chapitre 8
Journée plaisir à Plaisir

Béatrice

Météo idyllique en ce soir d'août. Ciel dégagé et beau soleil d'été. Le temps est clément, la chaleur est atténuée par une brise légère.

Les enfants sont bien occupés, jouent à la balançoire et font du toboggan. Béatrice a pris soin de fermer la piscine ; ils auraient mis de l'eau partout !

Elle regarde sa petite Laura. Qu'elle est belle, sa petite poupée dans sa robe blanche à pois rouges, coiffée d'un chapeau de soleil rose à larges bords qu'elle relève souvent. Il la gêne, son chapeau, mais la petite fille n'a pas le droit de le retirer, doit le garder sur la tête. Il faut bien protéger cette peau diaphane, toute fine, de petite fille fragile.

Sébastien dit qu'elle en fait trop, entre les chapeaux, les crèmes de toutes sortes, le baume à lèvres et le spray démêlant pour les cheveux. Il ne se rend pas compte que la beauté séraphique de leur fille est une fleur à arroser. Si ça avait été un garçon, il en aurait été de même, d'ailleurs, ce n'est pas une question de sexe. Petit bout de fille de six ans. Six ans déjà ! Sa Laura, son petit bébé si fragile, gardé en couveuse pendant trois semaines, tremblant, frileux, cœur à réchauffer qu'elle aurait voulu mettre tout de suite sur son sein. Mais il avait fallu attendre un peu, compte tenu des circonstances.

Son bébé est là, à présent, beau et frais, grandira et deviendra une jeune femme libre et rayonnante. Elle lui apprendra à être forte, résiliente, à ne pas se laisser impressionner, l'encouragera, la valorisera, essaiera de faire en sorte qu'elle se sente légitime dans tout ce qu'elle entreprend, sans pour autant renier sa féminité, fierté de son sexe, cette grâce et cette légèreté naturelles faisant aussi la force de son sexe. Car s'affirmer n'est pas renier qui l'on est. S'affirmer, c'est s'accepter, d'abord, dans sa différence, et faire de cette différence un atout. Essayer d'étouffer les échos de ses particularismes, c'est comme s'automutiler. Béatrice s'en rend compte, à présent, elle qui est femme, mère et dirigeante.

Qu'est-ce qu'elle est bien ce soir, dans le jardin de sa maison, qui expose sans pudeur sa frondaison, les rosiers rouge sang côtoient les rosiers blancs, neige en été, les agapanthes en ombelles bleues dressées sur leur longue hampe, d'un bleu inégalable, plus pur que l'eau des océans, sont de fières beautés, et sa préférée, l'arum, l'arum qui découvre une spathe en entonnoir évasé d'une blancheur à couper le souffle, d'où jaillit un spadice jaune dont Sébastien se moque en le comparant à « un truc au milieu brandi comme un zizi ». Pour un professeur de français, c'est petit !

En parlant de Sébastien, les hommes sont censés s'occuper du barbecue mais le barbecue n'avance pas beaucoup. En revanche, les cadavres de bouteilles de bière s'entassent à leurs pieds comme des quilles de bowling. Les convives ne sont pas près de manger à ce rythme-là.

Jean et Sébastien s'entendent bien, trop bien, heureusement qu'on ne compte pas sur eux pour nourrir une garnison, s'ils sortent une saucisse à ce rythme ce sera déjà un exploit !

Anna a disparu avec Franck, le frère de Béatrice qui est aussi le parrain de Laura – la marraine, c'est Alexia, sa cousine, qui n'a pas pu être là en raison de son travail. Laura joue avec Jenny pendant que la maman de Jenny, qui affiche une silhouette parfaite dans une robe de mousseline, parle avec un Franck ostensiblement hébété et séduit. Ils ont l'air de bien s'entendre. Elle ne pensait pas du tout à cela quand elle les a présentés l'un à l'autre, pourtant.

Anna a ce petit sourire au coin de la bouche qui montre qu'elle est sous le charme aussi ! Quel dragueur ce Franck ! Il a intérêt à faire attention, c'est une perle, son amie, elle y veillera !

Depuis l'accouchement, les deux femmes ne se sont plus quittées. Même depuis que Béatrice a emménagé dans les Yvelines. Elles s'appellent, se baladent au parc avec les enfants, à Paris ou ici, à Plaisir. Anna qu'elle admire, courageuse Anna qui a affronté tant d'épreuves.

Son recueil de poèmes a été publié, et, même s'il n'a pas encore rencontré le succès espéré (elle a tout de même quelques admiratrices féministes, ce qui lui a aussi permis de toucher, accessoirement, quelques appréciables émoluments), elle continue à écrire, pour elle, quand elle a le temps, parce que directrice de marché, ça occupe, surtout quand on est dynamique et qu'on a trente idées à la seconde.

Ses poèmes chantent l'amour, et ce soir elle a prévu de lire à voix haute ce texte qu'elle a écrit pour Sébastien, un week-end où il était parti :

Ta voix

Ta voix douce est l'océan mouvant qui s'étend
Et s'étale sans fin. L'oreille qui entend
Vrombir sous la voûte du ciel étang, l'écho

Qui se fond dans la brume, porté par les flots
S'abandonne docile à cet envoûtement.

Ta voix est l'océan aux flots calmes et puissants.
Son eau claire fontaine où ma gorge s'abreuve,
N'étanche pas ma soif et le vin dans mon sang
Se meut en mon artère et abreuve la veuve
Dont les larmes confient leur peine au vent.

Ta voix dictame va, tel le soleil couchant,
Poser ses reflets roux, astres flous en miroir
À mon cœur malade en mer ; remous incessants
De l'eau sombre et salée où les marins vont boire
Au sein de Lemanja, mon amour je t'attends.

Ta voix s'évanouit au crépuscule, laissant
Ses ondes onduler sur une mer d'argent
Plus calme encore que l'océan dormant, silence
Angoissant et pesant de la nuit qui avance.
Je prie Niout à l'aube le cœur oscillant.

Elle n'arrête pas, écrit sur tout ce qui l'émerveille et un rien l'émerveille, travaille le jour, écrit la nuit, et ses textes sont une véritable catharsis, ils l'aident à canaliser ses émotions. Le papier devient son dévidoir. Certes, il y a toujours des imprécateurs qui disent que son travail n'est pas assez abouti mais elle s'en fiche, elle qui croit en la liberté de l'expression artistique. Elle n'est certes pas un génie mais elle est elle-même et qu'est-ce que la liberté sinon le fait de pouvoir être soi ?

Anna s'est mise à peindre, elle aussi, et elle la soutient à fond, elle lui a même acheté une toile, en plus de celle qu'Anna lui a offerte gracieusement. Les peintures de son amie sont des représentations abstraites, de couleurs vives, pleines de vie, elles lui ressemblent. Quelques tableaux sombres parfois aussi, on sent l'ombre de Nicolas.

L'art comme catharsis, l'art comme libération, l'art comme moyen de communication, expression de leur puissance féminine.

Anna peint et Béatrice écrit. Des œuvres qu'elles pourront transmettre à leurs filles, qui développeront peut-être les mêmes goûts artistiques, peut-être d'autres, mais qui sauront que l'on peut dire des choses par l'art, s'exprimer de manière pacifiste dans un langage universel, connu de tous et compris par tous.

Béatrice écrit, jour et nuit, pour elle, pour sa fille, pour la vie.

Il va falloir lever le pied pourtant, en faire un petit peu moins parce que sous sa robe d'été, invisible élément, un petit être attend de voir le jour à son tour, mais chut !

— Tu prends quoi, ma chérie ?

— Une limonade.

— Ah bon, tu ne veux pas un petit rosé ?

— Pas ce soir, non, le soleil m'a un peu tapé sur la tête aujourd'hui.

— Toi, refuser un petit rosé ? Tu me surprends !

— Mais dis donc, dis que je suis alcoolique aussi.

— Ha, ha, je n'émets aucun jugement.

— Tu ferais mieux de balayer devant ta porte, tiens ! Tu veux que je compte les bières vides ?

— Touché !

Elle rit. Elle lui dira plus tard. Cinq ans de mariage et deux fois plus d'amour. C'est donc ça le bonheur, des plaisirs simples partagés dans leur maison de Plaisir. Une famille épanouie qui va encore s'agrandir, encore et définitivement, sûrement, parce qu'elle a quand même quarante-six ans. Elle ne sent pas vieille, pourtant, la vieillesse c'est quand on ne peut plus que regarder vers l'arrière à défaut de regarder vers l'avant, que les espoirs se figent dans sa « détresse glacée[8] ».

Il y a tellement de choses à vivre, tellement de joies à savourer, d'épreuves à endurer, de bonnes décisions à prendre, d'erreurs à faire, la vie est comme cet arbre de Diane dont les branches âgées alanguies par le temps s'échoient dans la terre nourricière et reprennent racine pour former d'autres branches qui verdissent et remontent vers le ciel, filantes, insaisissables, interminables. La vie est une éternelle passation de lumière, la lumière qui s'éteint entre les mains du passeur survit entre les mains du relayeur. Ce peut-être la flamme d'une bougie, une histoire racontée et transmise, une confidence partagée, un secret révélé, ce peut être la torche de vie, aussi, la dernière étincelle et il faut l'accepter, c'est ainsi.

Savourer. Savourer le secret qu'elle partage encore égoïstement avec l'enfant à naître, égoïsme assumé, secret commun avec l'enfant complice, graine de bébé qui sera bientôt un petit frère ou une petite sœur pour Laura, un ou un(e) filleul(e) pour Anna. Savourer ce moment de puissance féminine, puissance du secret incandescent, le seul secret au monde qu'on ne peut pas garder très longtemps.

Anna

Anna regarde sa fille, son bébé « moche » qui est devenu une belle petite fille style gitane. Un peu le genre d'Esmeralda dans *Notre-Dame de Paris*.

---

[8] Yasunari Kawabata, *Les Belles endormies*.

De longs cheveux d'un noir d'ébène qui bouclent à la base, de grands yeux noirs dans un visage de porcelaine, des lèvres roses. Elle est à croquer cette enfant. Elle n'a n'y le style de son père, ni le look de sa mère, n'a l'allure de personne, juste son genre à elle.

Six ans maintenant qu'elles sont, avec Laura, la fille de Béatrice, deux presque sœurs, deux inséparables.

Anna se remémore en souriant leur rencontre à la maternité. Leur fou rire lorsqu'elles ont réalisé où elles s'étaient croisées auparavant. Lorsqu'elles se sont avouées ce qu'elles avaient pensé l'une de l'autre dans le train qui les conduisait à Paris. La pimbêche pour l'une et la mère de famille incapable de gérer sa progéniture pour l'autre.

Comique ! Elles sont maintenant comme le pouce et l'index, toujours ensemble.

Béatrice ne lâche pas sa fille du regard. « Si elle pouvait, elle la mettrait sous cloche », pense Anna en souriant.

Dans le jardin de Béatrice, Anna croise le regard de Jean, devenu super « pote » avec Sébastien le mari de Béatrice. Ils s'entendent comme larrons en foire ces deux-là, surtout pour « glander ». C'est d'ailleurs ce qu'ils font en ce moment même en descendant bière sur bière.

Jean qui est retourné d'ailleurs à la maternité onze mois après avoir assisté Anna, pour voir naître son fils Alexis. Avec Rose, ils ont choisi en deuxième prénom Nicolas, ce qui a fait fondre Anna de bonheur.

Comme prévu, leur couple n'a pas tenu. Le feu et l'eau ne vont pas ensemble, c'est bien connu. Même si leur amitié a été un peu échaudée, ils restent en bons termes, ils se partagent la garde de l'enfant et tout se passe bien, chacun sa semaine.

Jean n'est pas fait pour vivre en couple, il est trop rigide, trop strict. Pour l'instant, il se sent bien comme ça. Il partage sa vie entre ses amis, son fils et son travail et cette vie de papa à mi-temps lui convient bien.

Enfin un garçon de plus dans la famille ! Petit Pierre qui ne veut plus qu'on l'appelle Petit Pierre du haut de ses neuf ans, en avait assez d'être le seul homme du clan.

Ses cheveux à lui, ont foncé, de blancs sont devenus blonds. Un petit blond aux magnifiques yeux bleus, fin et vif comme l'éclair.

Fleur a treize ans maintenant, les premiers émois de l'adolescence et, jolie comme elle est, elle attire les regards des garçons aux hormones bouillonnants. Méfiance ! Les ennuis vont bientôt commencer avec elle. Mais Anna surveille et gare à celui qui s'approche trop près de sa fille, il devra passer un examen minutieux et remplir un questionnaire en règle avant de pouvoir ne serait-ce que lui adresser la parole. Heureusement qu'elle n'est pas une petite souris pour suivre sa fille partout, elle s'arracherait les cheveux, enfin, les poils.

De caractère espiègle, Fleur est souvent de mèche, dans les bêtises, avec Constance, douze ans, Constance qui, à l'inverse de son aînée, trouve que les garçons sont des idiots et qui les ignore ostensiblement. Ça ne durera pas, c'est sûr.

Anna les regarde toutes les deux assises sur la balançoire, sûrement en train de parler des garçons comme d'habitude. Leur sujet de conversation favori. L'une les trouve géniaux, l'autre les déteste. Au moins, elles travaillent leur rhétorique.

Nicolas serait fier de cette petite tribu joyeuse et combative. Nicolas est dans sa mémoire et dans son cœur pour toujours.

Rose est restée sa meilleure amie tout comme Béatrice l'est devenue. Il y a de la place pour deux amies dans le cœur d'Anna.

Léon et Odette sont toujours en vie, même si très diminués et ils adorent leur dernière petite princesse.

Anna n'a pas de problèmes d'argent du tout, elle a racheté la petite maison de Laure (devenue la marraine de Jenny et complètement accroc à sa filleule) avec l'argent du tribunal et de l'assurance-vie qu'avait Nicolas et dont elle ignorait l'existence. Surprise qui est arrivée quelques mois après la naissance de Jenny.

Monsieur Leboeuf, quant à lui, a été jugé, et grâce à l'intervention de l'avocat d'Anna, il n'a pris que deux ans avec sursis. Il a pu rester avec sa petite famille et reconstruire sa vie.

Elle reçoit une carte de la part des Leboeuf tous les ans le jour de l'anniversaire de la mort de Nicolas. C'est tout et cela suffit. La page a été tournée depuis longtemps. Chacun doit suivre son chemin.

Dans le petit jardin de la maison de Béatrice, il fait beau et les oiseaux chantent. Un décor de carte postale quoi !

Anna s'est découvert une véritable passion, la peinture. Elle dessine, et peint sur tout et n'importe quoi.

Elle noie ses amies et sa famille d'esquisses et de tableaux. Elle ne se trouve pas de talent mais elle s'amuse tellement !

Pourtant une galerie lui a récemment proposé d'exposer quelques-unes de ses œuvres et elle en a vendu deux.

Le problème c'est qu'Anna a beaucoup de mal à se séparer de ses « chefs-d'œuvre ». En choisir dix pour la galerie a été très compliqué, finalement elle a laissé le soin à Béatrice et à Rose de le faire pour elle avec interdiction de toucher aux portraits de Nicolas.

Ça c'est son jardin secret, son moi profond. Ce sont pourtant les plus beaux selon toute sa famille. Elle en a offert un à la maman de Nicolas, qui en a pleuré de bonheur et de reconnaissance.

Cette dernière, depuis la mort de son mari il y a deux ans, d'un infarctus, a complètement changé d'attitude et est toute dévouée à Anna et à ses enfants. En même temps, elle n'a plus qu'eux puisque Nicolas était fils unique. Elle a perdu cette rigidité de bourgeoise qui la rendait méprisante.

Béatrice se dirige vers elle accompagnée d'un homme.

« Ça y est » se dit Anna, elle recommence.

En effet depuis quelque temps, tout le monde autour d'elle la presse de refaire sa vie. Pour l'instant, elle n'en a pas envie et se sent bien comme elle est.

Elle éconduit systématiquement tous les éventuels prétendants qu'on lui présente.

Béatrice lui présente son frère Franck, le parrain de Laura.

Elle ne peut faire autrement que d'engager une conversation polie. Le hic c'est que finalement, la conversation ne s'arrête pas.

Anna se plaît à discuter avec Franck, il est cultivé, charmeur et surtout il la fait rire, rougir, même. Après tout pourquoi pas ? Une discussion n'engage à rien, n'est-ce pas ? Et puis quoi, après tout ?

Sébastien et Jean ont enfin lâché leurs bières et le barbecue crépite.

La soirée s'annonce bien.

Chapitre 9
À chacune son histoire

Béatrice

La petite fille serre contre son ventre l'ours blanc, cadeau de sa maman. Il est doux, a le poil soyeux, l'ours, il est fort aussi, l'ours, fort comme Béatrice qui n'a plus de larmes.

Sa maman est partie, on lui a dit, et il y a beaucoup de gens dans ce « on ». Des hommes en noir, des hommes en bleu et rouge, des hommes en blanc. Beaucoup d'hommes et peu de femmes, finalement.

Son papa est parti, lui aussi, pas mort, mais parti, emporté par les hommes en noir en même temps que les hommes en bleu et rouge sont venus emporter sa maman. Est-ce que ces hommes en bleu et rouge sont ces âmes dont Ludovic lui a parlé ? Ludovic c'est son nouveau tonton, un grand monsieur tout blond avec de grands yeux comme elle. Il aurait pu être son papa, Ludovic, elle aurait eu un papa gentil.

Ta maman est au ciel, il lui a dit, Ludovic, au ciel avec les anges et avec le bon Dieu aussi, et du ciel elle veille sur toi, petite fée.

Béatrice a du mal à s'endormir en cette nuit d'orage, elle se sent surveillée. Elle a mal, se sent seule mais ne doit pas pleurer parce que sa maman la regarde. Alors, elle lui parle, à sa maman qui lui répond en songe. Elle qui lui parle chaque nuit depuis le drame ne sait plus si ses conversations sont imaginaires ou si elles ont du vrai. Elles sont, en tout cas, bien réelles dans sa tête.

On lui dit qu'elle est seule mais elle n'est pas seule. On lui dit qu'elle va avoir une nouvelle famille qui va bien s'occuper d'elle mais elle a déjà une famille, sa famille c'est sa maman qui lui chante encore des chansons d'enfant, elle les entend quand elle pose son oreille contre l'ourson qui est un peu comme un coquillage renvoyant la mer en écho. Et quand elle sent l'ourson, c'est le parfum de sa maman qu'elle hume. Dire qu'ils voulaient le laver ! heureusement qu'elle s'est débattue, qu'elle a crié. Ils n'ont pas compris, ils sont bêtes, tant pis.

Son ourson s'appelle Dédé. C'est un facteur. Il envoie des messages, Dédé. Des lettres de sa maman, qui dit que tout va bien au ciel, que les anges sont gentils et que les nuages sont beaux. C'est grand le paradis, il y a des arbres qui donnent de beaux fruits très bons et des rivières qui brillent comme des diamants. Les filles portent des couronnes de fleurs et dansent pendant que les garçons jouent de la lyre. Leur jupon blanc est soulevé par le vent.

Béatrice a six ans. L'âge de Laura. Mais cet âge-là, âge de pierre, de drames, de guerres, elle espère très fort que Laura ne l'aura pas. L'âge de Laura est un âge de fées, de lutins et de personnages féériques, l'univers de Laura est un âge de jeux et d'insouciance, d'innocence, de rêves et d'espérance.

Béatrice regarde Laura et elle en a la larme à l'œil. Son petit bout de fille, son petit bout d'elle-même qui n'a pris de sa maman que les plus tendres parties, à l'exception de quelques traits de son foutu caractère.

Tout n'est pas qu'une question d'éducation. Sa petite puce à l'air innocent est une colérique secrète aux armes puissantes quand elle s'y met. Elle n'est pas sa fille pour rien.

Alors elle l'a mise à la musique et à la boxe, pour l'apaiser et pour tempérer ses émotions, et ces activités lui plaisent beaucoup. L'école, ce n'est pas tellement ça. Contrairement à sa maman quand elle était petite, les livres ne sont pas son refuge. Ils ont bien essayé, avec Sébastien, de l'y intéresser, de lui lire des histoires, mais non, Laura s'en fiche royalement. Ce qui l'intéresse, c'est la boxe ! Tout n'est pas toujours héréditaire et cette petite bagarreuse, pas du tout littéraire, fait rire ses parents.

Elle a le physique d'une fée mais elle aime les jeux qui tapent et les jouets d'action, Laura, les ballons, les épées en plastique, les pistolets à eau. Son personnage de dessin animé préféré n'est pas Cendrillon, mais Mérida, l'archère dans le dessin animé Rebelle. Elle aime beaucoup Mulan aussi, même si elle trouve dommage que Mulan se marie avec Chang.

« On n'est pas obligé de se marier, dit maman ? ».

À sa façon, elle écrira son histoire, fera ses propres choix, mènera son combat, mais toujours libre et fière comme sa maman.

Anna

Elle n'avait rien, mais elle avait tout.

Il y a d'abord eu Franck et Antoine, les jumeaux.

Puis Gabriel et ensuite Jean et Grégoire et encore un garçon, Pascal.

Et enfin, elle, Anna. Sa mère n'y croyait plus et à la maternité quand on lui a dit c'est une fille, elle a soufflé et rétorqué : « maintenant c'est fini, je n'en veux plus ».

Sa petite fille. Elle l'avait attendue si longtemps. Elle n'espérait plus. S'attendait à voir arriver encore un garçon. Même son père la regardait sans croire qu'elle était bien à lui. Il n'osait pas la toucher de peur de la casser. Lui l'ouvrier aux grosses mains calleuses, devant une si petite chose.

Dès sa naissance, Anna était devenue la coqueluche de ses frères. Elle était l'objet de toutes leurs attentions. Surtout de celle de Jean, qui du coup était son frère préféré. Il l'emmenait partout sur ses épaules, Jean. Elle le suivait partout, épiait ses moindres faits et gestes. Il ne pouvait faire un pas sans sentir sa présence, sans quelle le guigne, malicieuse, affectueuse et joueuse.

Elle était un vrai pot de glue. Mais il ne lui en voulait pas, il l'adorait.

Très vite, elle a appris l'adversité, le combat. Elle était un vrai garçon manqué. Avait peu d'affaires de toilette et peu de vêtements, d'ailleurs. Elle récupérait les vieux shorts de ses frères le plus souvent. Les vêtements neufs étaient rares. Et lorsqu'elle en recevait, elle savait que c'était aux prix d'énormes sacrifices de la part de toute la famille. Élever sept enfants avec juste un salaire d'ouvrier, ce n'était pas facile tous les jours.

Alors elle a appris à faire en se passant du superflu.

Son père était un ours, un peu rustre mais qui, sous un abord gauche et maladroit cachait un cœur rempli d'amour. Il élevait sa progéniture avec force et respect. Son adage était : « vous représentez la famille, vous devez toujours faire preuve de droiture et d'honneur ».

Et gare à celui qui déviait de la route toute droite qu'il avait tracée. Anna se souvient encore du jour où Pascal avait été pris chapardant un bonbon chez la boulangère. C'était la première et la dernière fois qu'elle avait vu son père frapper un de ses enfants. Il avait vécu l'humiliation suprême, avait dû le rapporter et s'excuser platement auprès de la grosse dame. Il avait pleuré de plus belle au retour, lorsque son père lui avoir fouetté les jambes avec le martinet du chien.

La leçon avait été comprise, plus jamais il n'avait commis de méfait de ce genre.

Plus d'une fois, elle avait vu ses parents dire « je n'ai pas faim » pour laisser leurs parts aux enfants, lorsqu'à la fin du mois, il restait si peu d'argent. Ces jours-là, curieusement les enfants n'avaient pas faim non plus et partageaient avec leurs parents qui souriaient de contentement d'avoir de si bons et généreux enfants.

Tous remerciaient le ciel d'avoir une famille si aimante et si soudée malgré la sévérité des corrections infligées par le père obéissant aux lois de l'impulsion, sujet servile de ses émotions.

Cette famille modeste n'avait pas été épargnée par les coups durs.

Gabriel avait été emporté d'une méchante pneumonie à huit ans. Et le clan avait dû continuer à vivre sans lui, plus soudé que jamais.

Anna se remémore tout ce passé en regardant sa petite Jenny si différente de Laura, sa presque sœur.

Elle, ne sait pas ce que c'est que d'avoir faim et Anna espère qu'elle ne le saura jamais, mais comme elle, elle vit entourée d'amour.

L'amour de sa maman qui lui raconte son merveilleux papa, de ses sœurs et de son frère, mais aussi de tous ceux qui l'entourent.

Sa petite princesse adore la gymnastique et malgré son jeune âge, d'après son entraîneur, elle peut percer dans la discipline si elle s'y donne à fond. Il faut la voir s'essayer aux barres parallèles, rien ne lui fait peur.

Mais, elle, se verrait bien infirmière, pour « sauver des papas », c'est touchant. Bref, elle n'est pas encore décidée et tout peut changer encore mille fois.

À cet âge-là, rien n'est figé, et quoi qu'il advienne, elle pourra compter sur sa maman pour l'encourager dans ses choix. Ce sera, de toute façon, à elle, d'en décider. Sa liberté.

Imprimé en Allemagne
Achevé d'imprimer en mars 2021
Dépôt légal : mars 2021

Pour

Le Lys Bleu Éditions
83, Avenue d'Italie
75013 Paris